Scripto

Jean-Claude Mourlevat

SILHOUETTE

Gallimard

À la Mouette, qui s'est envolée.

SILHOUETTE

Pauline Dewinckers ne lisait pas la presse gratuite. Si elle ouvrit le journal ce soir-là, en rentrant de son travail, c'est parce qu'il gisait à côté d'elle, abandonné sur le siège du tram, parce qu'elle venait d'achever son roman et qu'elle se sentait désœuvrée.

Tenant le journal du bout des doigts (Dieu sait quelles mains douteuses l'avaient manipulé avant les siennes ?), elle survola négligemment les titres de la une, puis ceux des pages deux et trois, avant de tomber en arrêt devant un article de la page quatre. Ou plutôt devant la photo qui accompagnait l'article de la page quatre.

Depuis l'âge de quinze ans, elle considérait Pierre Birabet comme le meilleur comédien français. En tout cas, il était celui qui la touchait le plus. Qui la troublait le plus. Elle n'en était pas amoureuse à la façon d'une midinette, d'ailleurs il ne possédait pas ce genre de beauté immédiate qui affole les jeunes filles. Sa séduction se cachait dans des régions plus sombres et plus secrètes. Elle aimait sa voix grave, son visage éprouvé par la vie, et la mélancolie de son regard. Elle le suivait depuis toujours, elle connaissait tous ses films, c'est-à-dire une trentaine. Elle en avait vu certains deux fois ou même trois. Il avait dans les cinquante ans. Elle en avait dix de moins et estimait qu'ils auraient constitué un très beau couple.

Mais un couple improbable, puisqu'il était l'un des cinq acteurs les mieux payés de l'Hexagone alors qu'elle entassait ses bons de réduction aux magasins Casino dans une boîte métallique posée sur son frigo, et qu'il était une star mondialement connue, tandis qu'elle était employée de la Caisse d'Épargne de la place de la République, à Saint-Étienne.

Et par ailleurs, elle était déjà prise.

Elle replia le journal pour lire plus à l'aise.

Pierre Birabet en tournage à Saint-Étienne au mois de mai pour un long métrage réalisé par Sophie Kleyn.

L'article expliquait qu'il s'agirait d'un drame psychologique dont le personnage principal, interprété par Pierre Birabet, était un médecin anesthésiste aux prises avec la justice à la suite du décès d'une de ses patientes.

– Regarde ! dit-elle à son mari en jetant le journal sur la table de la cuisine.

– Oh ! grommela celui-ci, qui connaissait bien le penchant de sa femme pour Birabet. Mon concurrent dans la ville ! Aïe, aïe, aïe !

– Maman ! s'exclama son fils de onze ans. Tu vas le draguer ?

– Je pense bien ! répondit-elle. Je vais me gêner…

Quelques jours plus tard, en attendant son tour chez le dentiste, elle découvrit dans le journal régional une annonce qui disait :

> Dans le cadre du tournage du long métrage de fiction *La Faute*, réalisé par Sophie Kleyn, nous sommes à la recherche de plusieurs jeunes femmes. Profil : 30-40 ans, physique ordinaire.

Suivait une adresse électronique à laquelle les candidates pouvaient envoyer en ligne leur curriculum vitae, deux photos (l'une en portrait et l'autre en pied) ainsi que leurs coordonnées complètes. Considérant qu'elle avait l'âge requis et qu'elle était dotée d'un physique « ordinaire », sans savoir exactement ce qu'il fallait entendre par là, elle s'acquitta de ces formalités le soir même.

La réponse ne tarda pas. Dès la semaine suivante, Eurocasting l'informa par un courriel qu'elle était présélectionnée et qu'elle devait se rendre à Lyon pour des essais. Les larmes lui en vinrent aux yeux. Elle se trouva stupide, bien sûr, mais depuis son titre de vice-championne de la Loire, obtenu trente ans plus tôt, sur cinquante mètres nage libre en catégorie benjamin, elle n'avait pour ainsi dire jamais eu l'occasion d'être gratifiée, ni dans son travail ni dans sa vie personnelle. Or, voici qu'elle était présélectionnée. Parmi combien d'autres femmes ? Des centaines peut-être.

On lui proposait plusieurs dates. Elle opta pour le samedi matin, puisque c'était son jour de congé à la banque. Elle inventa un prétexte crédible et se rendit à Lyon par le TER, sans informer ni son mari ni son fils de la véritable raison de son voyage. Autant échapper aux réflexions désagréables ou aux moqueries, même gentilles, en cas d'échec.

De la gare de Perrache, elle marcha une quinzaine de minutes en direction du studio qui se trouvait près de la place Bellecour, et plus elle s'en approchait, plus les fourmis gigotaient dans son estomac. La dernière fois qu'elle avait éprouvé cette sensation remontait à l'oral de son baccalauréat. Elle se présenta à l'interphone comme « la candidate pour le casting », et on la fit patienter dans une minuscule salle d'attente, un couloir en fait, si étroit qu'elle dut se lever de sa chaise pour ménager le passage à une autre postulante qui s'en allait. Elle la trouva assez commune avec son visage poupin. « J'ai mes chances », se dit-elle.

L'essai ne dura pas plus de dix minutes. Personne n'avait de temps à perdre. On la fit asseoir sur un tabouret, on la photographia de face et de profil, des gros plans surtout, on lui demanda de sourire. À sa question de savoir s'il s'agissait d'un rôle parlant, la directrice du casting répondit que non, qu'elle n'aurait rien à dire. Mais il ne fallait pas trop rêver : il y avait beaucoup de candidatures et les places étaient chères.

– Tout le monde veut voir Birabet ! ajouta l'assistante avec un clin d'œil.

– Pas spécialement, mentit Pauline.

Sur le chemin de la gare de Perrache, elle fit un arrêt dans un salon de thé où elle but une tasse de chocolat et mangea plusieurs macarons. Puis elle rentra à Saint-Étienne avec l'étrange sentiment de s'être encanaillée.

Elle n'évoqua son escapade ni à la banque ni à la maison, mais elle passa beaucoup de temps sur Internet à chercher des documents concernant Pierre Birabet : interviews, remises de prix, photos, extraits de films. C'était absurde, mais elle ne pouvait s'empêcher de penser qu'il existait maintenant un lien entre eux, entre lui, Pierre Birabet, et elle, Pauline Dewinckers, un lien ténu, certes, mais un lien. Et elle trouvait ça délicieusement excitant.

Elle reçut un nouveau courriel d'Eurocasting une semaine après l'essai. Elle l'ouvrit avec fébrilité et ses yeux plongèrent comme un rayon laser sur le mot le plus important du texte : sélectionnée. Le « pré » avait disparu. Ce préfixe en moins était un plus. Elle était prise ! On lui indiquait qu'on aurait besoin d'elle sans doute une demi-journée seulement, mais qu'il valait mieux prévoir une journée entière. Serait-elle disponible si c'était en semaine? Elle répondit aussitôt que oui, mille fois oui, elle serait disponible. Il serait bien temps, le moment venu, de se débrouiller pour l'être...

On était début mars et elle pensait être à l'abri de nouvelles émotions au moins jusqu'au tournage, mais elle se trompait. Dès le lendemain, son téléphone portable sonna alors qu'elle attendait son tram, place du Peuple. Comme il pleuvait fort, il y avait foule sous l'abri et elle dut se contorsionner pour prendre l'appareil dans son sac et le porter à son oreille.

– Bonjour, fit la voix, je suis Evelyne Berge, la directrice du casting. Vous me remettez?

– Oh, bien sûr!

– Je vous appelle à propos de votre intervention sur le tournage, au mois de mai prochain.

– Oui?

– Je vous appelle parce que nos projets avec vous ont un peu évolué...

– ... pardon, je vous entends mal, il y a du bruit autour de moi.

– Je vous disais: nos projets avec vous ont un peu évolué. Vous ne deviez être que figurante, parmi les infirmières, mais à la suite de l'essai, nous voudrions vous prendre comme silhouette.

– Je ne sais pas ce qu'est une silhouette, avoua Pauline.

– Oui, pardonnez-moi. C'est notre jargon. Ça veut dire que vous n'êtes plus une figurante perdue au milieu des autres mais que vous apparaissez seule et en gros plan. Vous êtes un peu plus visible, en fait.

– Ah.

– Afin qu'il n'y ait aucun malentendu le jour venu, vous devez savoir ce que nous attendons de vous. Nous voulons être certains que vous serez d'accord.

– Oui, bien sûr, je...

– Pour commencer, vous avez de la chance, puisqu'il s'agira d'une scène avec Pierre.

– Avec Pierre... ?

– Avec Pierre Birabet.

Le tram arriva et les passagers s'y engouffrèrent, vidant l'abri. Elle resta sur place et se laissa lentement descendre sur le banc en plastique moulé.

– Oui... bien sûr... et euh... avec d'autres ?

– Non, c'est une scène à deux : vous et lui. Une scène très brève. Dans un lit.

Il y eut un silence de quelques secondes.

– Allô, madame Dewinckers ? Vous êtes là ?

– Oui. Vous dites...

– Dans un lit. Mais rassurez-vous. En tout bien tout honneur. Il ne vous touchera même pas.

Elle se demanda si elle devait s'en réjouir ou le regretter.

– Ah bon, et... est-ce que nous serons...

– Nus ? Pas du tout. Pierre sera juste torse nu, je pense. Et vous, vous porterez une chemise de nuit qu'on vous fournira. Venez en pantalon, vous pourrez le garder puisqu'on ne verra que le haut de votre corps.

– Je comprends…

– Vous percevrez un cachet un peu plus élevé, du coup. C'est cent quarante-cinq euros, je crois. Ça vous convient ?

– Oui, bien sûr, ça me convient.

– Alors c'est parfait, Pauline. Nous reprendrons contact avec vous au mois de mai.

Elle laissa passer sans réagir un deuxième tram, un troisième, monta enfin dans le suivant, titubant comme si elle avait bu.

À présent, elle ne pouvait plus garder son secret pour elle. Elle en aurait explosé. Dès qu'ils surent, son mari et son fils partirent d'un rire énorme et contagieux, auquel elle participa volontiers.

– J'en étais sûr ! dit le premier. Je ne suis pas de taille contre Birabet…

– Maman-an ! Maman-an-an ! répétait le garçon, incrédule. J'y crois pas…

À la banque, elle se confia à son amie Catherine, qui promit de garder le secret. Et elle recommanda à son fils de ne pas en parler à ses camarades.

En quelques jours, la totalité du personnel de la Caisse d'Épargne était au courant, ainsi que les six cent cinquante élèves du collège Honoré-d'Urfé, leurs parents et leurs professeurs : Pauline Dewinckers était devenue actrice de cinéma, elle jouerait dans le prochain film de Pierre Birabet et serait même sa partenaire dans une scène particulièrement osée. Il fallut deux semaines pour rétablir un semblant de vérité : Pauline Dewinckers serait « silhouette » dans le prochain film de Pierre Birabet.

On l'appela début mai, comme convenu, et on lui donna rendez-vous pour le mardi matin suivant. Le tournage aurait lieu à Saint-Galmier, à une vingtaine de kilomètres de Saint-Étienne. Elle n'avait pas de voiture ? Peu importait, on lui enverrait un taxi.

La veille du grand jour, elle se rendit chez sa coiffeuse en fin d'après-midi, après son travail, et se fit faire une couleur. Elle dormit mal, se leva très tôt, prit un bain, hésita longuement devant sa penderie et se décida au bout du compte pour une tenue toute simple : jean, petites chaussures rouges à talons, chemisette noire, veste demi-saison noire, et un foulard clair qu'elle mit, ôta, remit, ôta encore et remit. Une discrète touche de parfum, un coup de téléphone à Catherine pour la remercier une fois de plus de la remplacer à la banque, et le taxi était là.

Il la laissa, après un court trajet à travers la campagne ensoleillée, dans la cour d'une grande maison bourgeoise du XIXe siècle située sur les collines de

Saint-Galmier. Elle n'était jamais venue dans ces parages. Une jeune femme, qui se présenta comme la première assistante de Sophie Kleyn, l'accueillit et la conduisit à l'intérieur de la bâtisse. Elle s'était attendue à beaucoup de monde et d'effervescence, mais l'endroit était plutôt calme. Les deux femmes montèrent un escalier de pierre et suivirent un couloir par les fenêtres duquel on découvrait un vaste jardin paysager.

La chambre, qui faisait bien trente mètres carrés, était telle qu'un célibataire peu soigneux l'aurait laissée. Vêtements épars, grand lit défait, cendrier sur la table de nuit, verre à whisky par terre. Elle y prêta à peine attention, sauf au lit, qui aimantait son regard.

Pour dire la vérité, elle ne se souciait ni du lieu, ni de son rôle, ni du film, ni des différentes personnes que l'assistante lui présenta d'une façon assez mécanique : le chef opérateur, la maquilleuse, l'éclairagiste, le preneur de son, quelques autres techniciens. Elle ne fut pas davantage impressionnée par la réalisatrice Sophie Kleyn, qui lui souhaita sobrement la bienvenue. La totalité de son cerveau était mobilisée par une seule et unique pensée : « Où est-il ? De quel côté va-t-il surgir ? Que va-t-il me dire ? Que vais-je lui répondre ? »

– Venez me voir, lui dit la maquilleuse. Je vais juste vous faire une petite retouche, je peux ?

Une petite retouche ? Elle avait passé plus d'un

quart d'heure à se maquiller et il lui semblait que c'était réussi. En fait de petite retouche, elle la barbouilla de démaquillant et lui ôta en vingt secondes fard à paupières, eye-liner, mascara et fond de teint.

– Je vous décoiffe un peu, désolée, dit-elle encore, en ébouriffant avec énergie les cheveux soigneusement arrangés une heure plus tôt.

Puis elle fit passer Pauline derrière un paravent où elle dut enlever tous ses vêtements du haut et enfiler la chemise de nuit promise. Elle était vieillotte et fripée.

– Vous êtes prête ? appela l'assistante.

– J'arrive, répondit Pauline.

Elle ne put s'empêcher d'arranger un peu ses cheveux avant de sortir, mais la maquilleuse, qui avait l'œil, les lui redéfit aussitôt. Pierre Birabet entra à cet instant dans la pièce. Il portait un blouson de cuir noir et un jean. Il était mal rasé, décoiffé. Elle le trouva incroyablement… normal.

– Salut tout le monde, fit-il.

– Salut Pierre, répondit tout le monde.

– Pierre, je te présente Pauline, dit l'assistante ; c'est bien Pauline, n'est-ce pas ?

– Oui, répondit Pauline.

– Je te présente Pauline qui fait la scène avec toi.

Il s'approcha d'elle et lui tendit une main chaleureuse.

– Bonjour Pauline !

– Bonjour Pierre !

Un vrai regard, se dit-elle. Et un vrai sourire. Pour moi seule. Elle baissa les yeux vers ses chaussures pour vérifier qu'elle n'était pas entrée en lévitation. À présent, le comédien était assis à califourchon sur une chaise, aux mains de la maquilleuse. Il échangea quelques plaisanteries avec elle et on passa très vite au tournage de la scène.

Elle avait pensé qu'on lui donnerait des indications sur son rôle, sur le personnage qu'elle devait interpréter, mais il n'en fut rien. Tout était seulement technique et chacun semblait savoir parfaitement ce qu'il avait à faire. La réalisatrice resta assise derrière son enregistreur, le chef opérateur debout derrière sa caméra. Seuls l'assistante et les techniciens s'affairaient autour du lit.

– Allez-y, Pauline, passez dans le lit, s'il vous plaît. Oui, de ce côté-ci. C'est ça, vous devez tourner le dos à Pierre, et à la caméra.

Elle fit ce qu'on lui demandait.

– Allongez-vous naturellement, comme vous le feriez en vrai pour dormir. Voilà. Mettez votre bras comme ceci. Oui. Le coude un peu plus haut peut-être. Voilà, oui.

Tandis qu'elle prenait docilement la position demandée, elle devina que le comédien s'était à son tour glissé dans le lit, derrière elle.

– Tout ce qu'on vous demandera, reprit l'assistante, c'est de vous retourner vers Pierre quand il vous caressera les cheveux. De le regarder et de lui sourire.

– D'accord, répondit Pauline, et elle attendit.

Il y eut encore quelques réglages, dans le silence, puis la réalisatrice dit « moteur » d'une voix très tranquille. Pauline eut encore le temps de penser : « je suis dans un lit avec Pierre Birabet et il va me caresser les cheveux ». Dès qu'elle sentit le frôlement des doigts, elle se retourna, le regarda et lui sourit. Il lui rendit son sourire.

– Coupez, dit la réalisatrice.

On refit plusieurs prises, toutes identiques, lui sembla-t-il, mais à l'issue de la quatrième, la réalisatrice et l'assistante se concertèrent un instant devant l'écran de l'enregistreur et demandèrent aux deux comédiens de modifier un peu leur positionnement. Birabet se plaça plus près de la tête du lit, et Pauline plus bas.

– Moteur, dit la réalisatrice.

Pour la cinquième fois, Pauline sentit la caresse sur sa nuque, se retourna et sourit. Cette prise parut plaire tout particulièrement aux deux femmes, qui hochèrent la tête, l'air amusé.

– On la fait une dernière fois. Pauline, souriez franchement quand vous regardez Pierre. D'accord ?

Elle fit de son mieux.

– Merci beaucoup, Pauline. On vous libère.

Elle alla se rhabiller derrière le paravent, et en profita pour arranger sa coiffure, se mettre à la hâte un trait de noir sous les yeux, et une touche de fond de teint. Au moins, qu'il me voie un peu moins moche, se dit-elle, mais quand elle sortit de sa cachette, Pierre Birabet avait disparu. Elle salua tout le monde, remercia, et l'assistante la raccompagna dans la cour, où un autre taxi l'attendait.

– Vous avez bien transmis vos coordonnées bancaires pour le règlement ?

– Oui, répondit Pauline.

Le tout n'avait pas pris plus de trente minutes.

Elle dut répondre cent fois aux mêmes questions : Alors, comment c'était ? Il est sympa, Birabet ? Tu lui as parlé ? Qu'est-ce qu'on t'a demandé de faire ? Tu avais le trac ? Elle répondit de son mieux, sans savoir au juste si elle était ravie ou déçue. C'était un mélange des deux, en réalité. Sa seule certitude : ce qui pour elle avait représenté un grand moment n'avait été pour les gens du tournage qu'un épisode insignifiant.

Le film *La Faute* de Sophie Kleyn, avec Pierre Birabet dans le rôle principal, sortit dans cent soixante-cinq salles de France à l'automne suivant. Il constituait un des événements de la rentrée culturelle, et le cinéma *Le Méliès* de Saint-Étienne le programma dès la mi-septembre. Pauline se rendit à la séance de vingt heures, accompagnée d'une bonne partie de sa famille : son mari, son fils, sa sœur et son beau-frère, ainsi que d'une joyeuse bande d'amis et d'amies de la banque. En tout plus de quinze personnes impatientes de voir la scène. Ils investirent deux rangées complètes, au milieu de la salle, entourant leur vedette un peu stressée.

Il arriva une chose étrange : tout ce petit monde était là pour voir Pauline, mais le film se révéla tellement captivant que la plupart d'entre eux, emportés par la force de l'histoire, en oublièrent ce pour quoi ils étaient venus. On y voyait ce médecin anesthésiste quinquagénaire harcelé par les proches d'une patiente décédée et dont la vie se délitait inexorablement. La performance des acteurs était remarquable, autant celle de Birabet dans le rôle de l'homme solide qui sombre, que celle de la jeune femme qui jouait son épouse. Dans leurs dialogues passait la vraie vie, complexe et tumultueuse. Et chaque spectateur y reconnaissait sans doute une part de lui-même.

Arriva enfin cette séquence muette qui évoquait la déchéance du médecin. Épuisé par le combat judiciaire, lâché par les siens, il se laissait aller à boire et à collectionner les conquêtes faciles. On le voyait dans des bars, on le voyait se battre avec des types, on le voyait au lit avec des femmes à chaque fois différentes. Pauline reconnut fugitivement celle qu'elle avait croisée dans le couloir du studio de Lyon pour les essais. Et une boule compacte se forma dans son estomac. Les femmes qui apparaissaient l'une après l'autre à l'écran étaient de plus en plus... oui, elles étaient de plus en plus moches.

Et on ne l'avait toujours pas vue, elle...

Elle comprit. Il s'agissait de montrer jusqu'où cet homme était descendu. Jusqu'à quelle bassesse. À quel point il ne se respectait plus. Elle eut une seconde l'espoir qu'ils n'auraient pas gardé sa scène au montage. Mais son espoir fut vite anéanti. Elle reconnut la chambre, le lit, le dos nu de Birabet, et son dos à elle dans la chemise de nuit. La main de Birabet dans ses cheveux et elle qui se retourne. Et là...

Il y eut trois sortes de réactions dans la salle : ceux qui rirent ; ceux qui ne rirent pas ; et Pauline. Ceux qui rirent le firent avec amusement mais sans méchanceté, les habitués du *Méliès* ne sont pas des personnes vulgaires. Ceux qui ne rirent pas, ce furent les amis de Pauline et les gens de sa famille. Ils se turent, désolés. Pauline, qui constituait à elle seule la troisième catégorie, sentit son corps se liquéfier. Elle se mit à trembler. Son mari, assis à côté d'elle, voulut lui prendre la main ; elle la retira avec violence. Elle aurait voulu se lever, sortir de ce cinéma et être seule. Ne plus avoir à parler de cela avec personne. Jamais.

Dès que la lumière se fit, elle bouscula tout le monde pour fuir, et sur le trottoir elle versa les larmes contenues depuis une demi-heure.

Les jours qui suivirent comptèrent parmi les plus pénibles de sa vie. Elle passa de la colère à la honte. De la honte à la tristesse. Personne ne se montra blessant. Le commentaire le plus fréquent relevait la brièveté de son apparition, trois secondes pas plus. Sur deux heures de film, c'était peu. Mais pour elle c'était une éternité. À la banque, seule Catherine évoqua le fond du problème :

– J'estime qu'ils t'ont piégée. Le film est peut-être très bien, mais eux, ce ne sont pas des gens bien. À ta place, je serais furieuse.

– Je le suis, répondit-elle.

– Et humiliée.

– Je le suis aussi.

Son fils rentra hors de lui de l'école :

– Ils me font ta « tête du film », ces cons ! cria-t-il en jetant son cartable contre le mur.

Son mari redoubla de gentillesse et lui dit « je t'aime », mots qu'il n'avait plus prononcés depuis des années, mais cela ne fit que l'agacer encore plus. Il finit par se mettre en colère lui aussi.

– On ne va pas déménager de la région pour ça ! Et on ne va pas les attaquer en justice non plus ! Alors, essaie d'oublier, bon sang ! Passe à autre chose !

Elle était incapable de passer à autre chose. Elle voyait sans cesse surgir son visage en gros plan. Elle n'en dormait plus. Un soir, elle se leva, enfila son peignoir et se mit à son bureau. Elle ouvrit le bloc de papier à lettres et écrivit :

Cher Pierre Birabet,

Sans doute m'avez-vous déjà oubliée. Je m'appelle Pauline Dewinckers et j'ai figuré comme silhouette dans une scène de votre film La Faute *(que j'ai trouvé par ailleurs excellent, enfin la première heure et demie. Bravo pour votre interprétation bouleversante. Vous êtes un grand comédien). Le tournage a eu lieu dans une maison bourgeoise de Saint-Galmier. Nous étions dans le même lit. Je devais juste me retourner et vous sourire. C'est ce que j'ai fait.*

Le strabisme touche environ cinq pour cent des enfants. J'en ai fait partie. C'est génétique. Ma grand-mère louchait. Mon strabisme concernait mon œil droit, qui partait à l'extérieur. J'ai été opérée trois fois entre l'âge de deux ans et l'âge de quatre ans. J'ai porté un cache pendant des années sur mon bon œil, le gauche, pour forcer le mauvais, le droit, à travailler. J'ai porté des lunettes pendant toute mon enfance et toute mon adolescence. Aujourd'hui je suis guérie. Je ne louche plus. Enfin, presque plus.

J'écris «presque» plus parce que, quand je regarde vers la droite et du bas vers le haut, il arrive que mon œil droit retrouve soudain sa course naturelle, la folle course de mon enfance. Il s'en va en promenade. C'est spectaculaire. La réalisatrice du film l'a remarqué et elle a modifié notre position à tous les deux pour amplifier ce défaut qui est le mien. Elle a changé volontairement l'angle de vision entre moi et vous. Et mon œil est parti se balader là où il ne fallait pas. Elle ne m'en a rien dit. Elle a dû trouver que c'était bien pour son film et je pense qu'un artiste est prêt à tout pour son art, non?

Seulement, quand j'ai découvert ce plan, lors de la projection, entourée de ma famille et de mes amis, quand j'ai vu surgir mon visage démaquillé, ridé et déformé par cet œil horriblement désaxé, mon visage ridicule qui a fait rire la moitié de la salle, j'ai eu envie de mourir. Je me suis sentie plus que trahie: anéantie.

Je ne suis pas sûre de moi. Je lutte depuis toujours pour me convaincre que je vaux quelque chose. Je suis comme une personne qui marche avec des béquilles. Il ne faut pas la pousser… On m'a poussée et je suis tombée.

Bien sûr, c'est à la réalisatrice que je devrais écrire cette lettre, mais je ne la connais pas, cette personne. Et je n'en ai pas envie. Ce serait une lettre agressive. À quoi bon, puisque le mal est fait, et impossible à réparer?

Alors que vous, je vous connais. Je vous connais depuis vingt-cinq ans. Et nous avons été dans le même lit! Je sais, c'est stupide, mais j'aimerais vous dire que je suis plus jolie que ce que vous avez vu.

Nous avons échangé quatre mots: «bonjour Pauline bonjour Pierre». J'aurais aimé quelques mots de plus. Écrivez-les-moi, s'il vous plaît. Juste quelques mots qui signifieront que je compte. Un peu.

Merci.

Pauline Dewinckers.

Elle posta la lettre le lendemain matin, au bureau de poste de l'hôtel de ville de Saint-Étienne. Cette lettre fut relevée à seize heures et déposée deux jours plus tard, à dix heures du matin, dans la boîte aux lettres de la maison de production qui avait financé le film *La Faute*. La secrétaire chargée de trier le courrier était une employée nouvellement arrivée. Elle posa la brassée d'enveloppes sur son bureau et s'y mit.

– J'ai treize lettres adressées à Pierre Birabet, dit-elle quand elle eut terminé. Qu'est-ce que j'en fais ?

– Birabet est au Japon pour trois mois, répondit son collègue. Si on garde tout son courrier de fans, il en aura cent cinquante à son retour.

– Ça veut dire ?

– Ça veut dire poubelle. N'aie pas de scrupule.

La jeune femme marqua un temps. Elle-même avait écrit à des acteurs quelquefois, quand elle était plus jeune, et elle avait été triste de ne recevoir aucune réponse. Elle parcourut rapidement les enveloppes. L'une d'elles attira son attention, parce que l'écriture était adulte et belle. Elle avait été postée à Saint-Étienne. Elle hésita encore quelques secondes et laissa tomber les treize enveloppes non ouvertes dans la corbeille à papier. En fin d'après-midi, la femme de ménage en vida tout le contenu dans un sac en plastique qu'elle jeta dans la benne à ordures, au sous-sol.

Quand Pauline reçut un courrier de la maison

de production, une semaine plus tard, son cœur battit comme quand elle avait reçu la lettre de son premier amoureux, à l'âge de seize ans. Elle attendit d'être seule pour l'ouvrir. Elle le fit proprement, avec des ciseaux. L'enveloppe contenait un bulletin de salaire et l'information que celui-ci lui serait réglé dans le mois, par virement, sur son compte bancaire.

Les cent quarante-cinq euros promis constituaient en fait le salaire brut. Le salaire net, une fois les cotisations déduites, s'élevait exactement à cent vingt-trois euros et vingt-cinq centimes.

CASE DÉPART

Il est assis à la table de la cuisine et il relit une fois de plus la liste des vingt-sept recommandations, oui, vingt-sept, il les a comptées. Et il coche.

Bien fermer tous les volets, ceux sur l'arrière et ceux sur l'avant. C'est fait. C'est même tellement fait qu'il a l'impression d'être dans un obscur tombeau.

Laisser le frigo vide, débranché, propre et tenu entrouvert par un torchon plié en huit. C'est fait.

Prendre le sac-poubelle de la cuisine, le mettre dans la grande poubelle du garage et sortir la grande poubelle dans la rue. C'est fait.

Ne pas laisser de vaisselle sale (odeurs… !). Il n'en a pas laissé.

L'écriture nerveuse de sa mère le stresse presque autant que si elle était là en personne. Certains mots sont soulignés d'un trait, d'autres de deux, plusieurs de trois ! Pourquoi appuie-t-elle autant sur le papier ? On dirait qu'elle a voulu le trouer de son stylo.

Vérifier sous l'évier que l'arrivée de gaz est bien coupée. La phrase entière est soulignée. Son père y a ajouté de sa main un croquis qui représente la poignée en position de fermeture. Et il a écrit en majuscules à côté : POIGNÉE EN POSITION DE FERMETURE. Et il a dessiné une flèche entre les deux.

Éteindre toutes les lampes. C'est fait, sauf celle de la cuisine sous laquelle il se trouve à l'instant. Les autres, celles de l'escalier et du garage, il les éteindra derrière lui en sortant.

Il a bien l'intention de ne commettre aucune erreur, d'atteindre la perfection. Il veut leur prouver qu'à quatorze ans on est capable de rester seul deux jours et deux nuits, puis de fermer la maison correctement, aussi bien qu'eux, sans rien oublier.

Ils sont partis en vacances l'avant-veille, en Vendée, avec le comité d'entreprise, comme chaque été. Mais, pour la première fois depuis qu'il est né, ils y sont partis sans lui. Il a dû mener un long et dur combat pour en arriver là. Il a cessé d'aller au collège, de faire ses devoirs, de leur adresser la parole et de manger pendant soixante-douze heures.

C'était au mois de février. Il faisait froid dans la maison. Il s'est reclus, pelotonné dans son lit, a poussé le son de Dub Incorporation dans son casque et s'est juré : « Je ne céderai pas. » Jusqu'à ce qu'ils lui confisquent son i-Pod, son téléphone portable et son lecteur de CD. Alors le silence est entré dans sa chambre et dans sa tête, il a lissé les murs, enveloppé les objets, s'est insinué jusque dans les replis de la couette. Il l'a combattu en relisant tous ses vieux Tintin. Haddock, Tournesol et les Dupont/Dupond sont devenus ses compagnons de lutte. Toutes les douze heures environ, ses parents ont fait irruption, tantôt belliqueux, tantôt pacifiques, mais dans les deux cas cela finissait par des cris, des menaces ou des pleurs.

Pendant trois jours et trois nuits, il n'est sorti de sa chambre que pour aller aux toilettes et boire. Il se sentait maigre, creux, efflanqué. La tête lui tournait. C'était comme une purification. Il a pensé à Gandhi, à Bobby Sands.

Et puis ils sont venus tous les deux, le troisième soir, avec gravité, comme on vient négocier un armistice, et le dialogue a pu commencer. Ils se sont assis côte à côte au bord de son lit, il est resté face à la cloison, leur tournant le dos, mais ils ont réussi à se parler calmement, sans agressivité.

– Donc, tu ne veux pas partir avec nous cet été à La Tranche-sur-Mer ?

– Non.

– C'est définitif ?

– Oui.

– Et est-ce que nous pouvons savoir pourquoi ?

– Je vous l'ai déjà dit. Je m'ennuie avec vous.

Sa mère s'est mise à pleurer, il y a eu un blanc.

– Et que comptes-tu faire, si tu ne viens pas avec nous ? a demandé son père, la voix tremblante.

– Je veux être avec des jeunes de mon âge. Je veux partir en colo.

– À La Tranche-sur-Mer il y a des jeunes de ton âge.

– Oui, mais il y a vous.

– Qu'est-ce que tu nous reproches ?

Il n'a pas pu leur dire la vérité : qu'il ne les supportait plus depuis quelques mois. Qu'il ne supportait plus sa façon à lui de le reprendre sans cesse et à tout propos, sa façon à elle de le couver comme s'il avait sept ans. Leur façon à tous les deux de l'étouffer, de l'empêcher de vivre. Il a seulement dit :

– Je suis allé treize fois avec vous à La Tranche-sur-Mer et je ne veux pas y aller une quatorzième.

Alors ils ont cherché et trouvé cette colonie de vacances pour les 12-14 ans dans la Drôme. Deux semaines au mois de juillet sur le thème nature et astronomie. Il ne sera pas avec des plus grands que lui, c'est rassurant. Seulement c'est cher : trois cent cinquante euros. À La Tranche-sur-Mer, il ne leur aurait rien coûté ou presque. Il a promis qu'en échange il travaillerait bien au collège et qu'il se comporterait mieux à la maison. Il s'y est tenu. Il a mis son assiette dans le lave-vaisselle après chaque repas, il a dit bonjour tous les matins en arrivant au petit déjeuner et il a obtenu son brevet avec la mention assez bien.

Vérifier que tu as ta carte d'identité. Fait. *Ton argent de poche.* Fait. *Tes médicaments contre le rhume des foins.* Fait.

Chat: Remplir de croquettes sa mangeoire automatique dans le garage. Fait. *Remplir d'eau son abreuvoir.* Fait. *Vérifier que la chatière de la porte du garage est bien ouverte.* Fait.

Vérifier que le verrou de la porte du jardin est bien poussé. Fait.

Vérifier que la porte d'entrée est bien fermée à clé. C'est fait.

Il a beau se concentrer, il ne voit pas ce qu'il aurait pu oublier de faire ou ce qu'il aurait pu mal faire. Quand ils reviendront, ils trouveront la maison comme ils l'ont laissée; non: encore plus impeccable qu'ils l'ont laissée, puisqu'il a nettoyé le sol avec le balai et la serpillière pour effacer ses traces de pas, et ça, ils ne le lui avaient même pas demandé.

La dernière recommandation dit: *Sortir par le garage, le fermer à clé et laisser la clé dans la boîte aux lettres. Attention: après ça tu ne pourras plus entrer dans la maison au cas où tu aurais oublié quelque chose.*

Il la tient, la clé, entre son pouce et son index, au-dessus de la fente de la boîte aux lettres et ne peut pas se résoudre à la lâcher: «Si j'ai fait une erreur, ils ne me feront plus confiance, jamais. » Il veut revenir dans la maison et tout vérifier une dernière fois, mais c'est trop tard, il n'a plus le temps. Il faut encore qu'il marche avec son énorme sac à dos jusqu'à l'arrêt du bus qui l'emmènera au rendez-vous du départ. Il ouvre ses doigts. La clé tinte au fond de la boîte vide. Voilà, c'est fait.

Le rendez-vous est sur le parking d'une grande surface. Ça grouille d'adultes, d'enfants et de sacs à dos autour d'un grand car jaune *Voyages Crouzillac*. Le soleil met sur cette agitation une gaieté qui lui est étrangère, à laquelle il n'arrive pas à prendre part. Il erre un moment dans ce tumulte, un peu perdu. Il est le seul à être venu sans ses parents, lui semble-t-il. Une monitrice le repère, sans doute à cause de son air égaré. Elle est petite et ronde, elle porte des lunettes.

– Tu t'appelles ?

– Romero Guillaume.

Elle le trouve sur sa liste.

– D'accord. Tu as ta fiche ?

Il met plusieurs minutes avant de l'extraire de son sac. Elle attend sans rien dire.

– C'est bien. Moi c'est Sophie. Mets ton bagage dans le coffre et monte.

Dans le car, il voisine avec un garçon qui a déjà fait une colo de ce genre l'été précédent, dans le Sud. Il lui raconte comment ils se levaient, la nuit, en cachette, avec ses copains, et il espère qu'ils en feront autant cette année. Guillaume l'écoute distraitement, il s'efforce de sourire et d'approuver, et soudain, au moment où ça devient presque intéressant (ils se sont retrouvés dehors sous la pluie devant la porte fermée), il est ébranlé par une sorte d'explosion mentale. C'est le mot « fermé » peut-être qui l'a déclenchée. « Fermé. » « Enfermé. » Ça le secoue tout entier, ça le ferait tomber par terre s'il était debout. Son estomac se noue, se tord et se remplit d'acide. Il formule muettement cette phrase de huit mots, terrible : « J'ai enfermé le chat dans ma chambre. »

Son cœur cogne. Il fouille sa mémoire avec fébrilité. Est-ce que le chat est venu sur son lit ce matin ? Oui. Il y vient tous les matins, il se fait caresser, il ronronne, puis il reste là une heure ou deux, même si Guillaume n'est plus là, puis il s'étire et il sort de la chambre. Est-ce qu'il l'a vu sortir de la chambre ? Non. Est-ce qu'il a regardé si le chat était encore dans la chambre avant de fermer définitivement la porte ? Non. Est-ce que le chat sera sorti de lui-même plus tôt que d'habitude ? Non. Pourquoi serait-il sorti plus tôt que d'habitude ?

À présent il en a la conviction, il a bel et bien commis la pire de toutes les erreurs possibles, celle contre laquelle ses parents n'ont même pas jugé bon de le prévenir, parce qu'il faut être vraiment trop stupide et trop irresponsable pour faire ça, pour infliger ça à une pauvre bête innocente.

Flocon... Il est arrivé dans la maison neuf ans plus tôt, pour les cinq ans de Guillaume, à peine sevré, minuscule, avec déjà sa petite tache blanche sous le cou, son flocon. Guillaume n'a ni frère ni sœur, il a joué avec cette bête des centaines d'heures, il lui a confié ses peines, ils ont grandi ensemble.

La suite du voyage est un calvaire. Les conversations, les rires, les musiques, les prises de parole des moniteurs, tout cela se confond, se brouille et disparaît, emporté par la puissance dévastatrice de cette phrase muette : J'ai enfermé le chat dans ma chambre.

Le car file sur l'autoroute et l'éloigne du lieu de son crime, alors qu'il n'a que ce seul désir : y revenir, vite, d'urgence, pour réparer. Chaque kilomètre parcouru augmente sa douleur. Il se maudit. Il a envie de pleurer. Ses parents vont rentrer les premiers, dans treize jours exactement. Combien un chat peut-il tenir sans manger ni boire dans une chambre avant de mourir ? Certainement pas treize jours. Il va d'abord miauler pour qu'on lui ouvre. Il va miauler désespérément, sans comprendre pourquoi on ne vient pas le délivrer. Il va griffer la porte. Il va s'épuiser à sauter contre les vitres de la fenêtre, en direction du jour qui filtre à travers le volet. Il va pisser partout. Il va miauler encore. Sauter encore. Ne plus avoir la force ni de miauler ni de sauter. Et puis commencera sa longue agonie.

– Ça va, Guillaume ? demande la monitrice rondouillette qui passe dans l'allée.

– Ça va.

Non, ça ne va pas. Mais à quoi bon le lui dire. Que ferait-elle ? Le car ne va pas faire demi-tour pour lui. Et il n'appellera ses parents pour rien au monde. Non, il faut qu'il agisse seul. Et très vite. Il n'est pas question de supporter plus longtemps ce supplice, et encore moins de vivre deux semaines l'esprit hanté de pensées morbides et insupportables.

Il est midi trente. Le car s'arrête sur une aire de repos au bord de l'autoroute.

– Vous avez vingt minutes pour manger votre casse-croûte et vous dégourdir les jambes, annonce un moniteur.

Il descend, dit qu'il va aux toilettes et s'éloigne du groupe. Une passerelle enjambe l'autoroute. Il y monte et la parcourt en trottinant. En bas, il voit le car jaune *Voyages Crouzillac* dans le coffre duquel il y a son sac à dos et toutes ses affaires. Il n'a sur lui que son deuxième sac, le petit, avec son casse-croûte et un *Sciences et Vie Junior* pour la route. Il redescend de l'autre côté. Il court jusqu'à la bretelle d'accès et tend le pouce. Il sent confusément qu'il fait une bêtise, que ce n'est pas la bonne solution, qu'on va le lui reprocher : Pourquoi n'en as-tu pas parlé à des adultes ? Mais une force supérieure le pousse à faire ce qu'il fait. Il veut, le plus vite possible, actionner la poignée de la porte de sa chambre, voir le chat se faufiler entre ses chevilles et en sortir. Et alors, alors seulement, il réfléchira et se demandera : Bon, et maintenant comment je fais ?

C'est la première fois qu'il monte dans une BMW et celle-ci est presque neuve en plus. Le bruit rond et puissant du moteur, l'odeur riche du cuir : il a l'impression immédiate d'être en sécurité, au-delà des soucis ordinaires. Les trois hommes à bord ne sont pas bavards. Ils n'écoutent pas de musique et aucun ne fume. Avec sa moustache fournie, le chauffeur ressemble à son oncle Michel, en moins gros. Celui à la place du mort est maigre avec des yeux striés de rouge. Celui assis à l'arrière, à côté de lui, est le plus jeune. Il peut avoir une vingtaine d'années. Il est très musclé sous son T-shirt et il se tient avachi sur son siège, les genoux très écartés. Il parle bas, il faut tendre l'oreille :

– Qu'est-ce que tu fous sur l'autoroute ?

– Ben, j'allais dans l'autre sens, et je fais demi-tour parce que j'ai oublié quelque chose.

Le gars laisse toujours un silence avant de passer à la question suivante. Comme si son cerveau fonctionnait au ralenti et nécessitait un temps de réflexion avant de comprendre.

– T'as oublié quoi ?

Guillaume pourrait mentir, mais il n'en a pas envie. Ce type ne va pas se moquer, ni le critiquer.

C'est le genre de personne à ne s'étonner de rien. Ça se voit. Et c'est bon de pouvoir parler en toute liberté à quelqu'un comme ça. Alors il lui raconte tout : le départ de la maison, le chat enfermé, le car, la fuite. En effet, le type écoute et ne trouve ça ni amusant, ni surprenant, ni rien. Il se contente d'enregistrer les informations et de demander une précision de temps en temps :

– Ils sont où, tes parents ? Ils reviennent quand ?

Ou bien :

– Et la clé ? Tu l'as mise où ?

– Dans la boîte aux lettres, répond Guillaume, et l'idée l'effleure qu'il n'est peut-être pas obligé de donner tous ces détails.

Le trajet lui semble deux fois plus court qu'à l'aller. Le conducteur, calé sur la voie de gauche, ne fait que doubler et pourtant on dirait que la voiture se retient de donner sa pleine vitesse, qu'elle s'impatiente.

Ils échangent quelques paroles grommelées que Guillaume ne comprend pas et ils s'arrêtent à l'aire de repos suivante.

– Reste dans la voiture. On va boire un café, on en a pour cinq minutes.

Cela dure un bon quart d'heure mais, quand ils reviennent, ils ont la langue déliée. Le maigre qui est à la place du mort se retourne pour lui parler, le conducteur qui ressemble à son oncle Michel le regarde dans le rétroviseur.

– C'est où chez toi exactement ? C'est un lotissement ? Qu'est-ce qu'ils font, tes parents ?

Il ne répond plus que le minimum et ils le laissent tranquille. Puis son voisin musclé lui dit :

– On va pas te laisser dans ce merdier. On va te ramener chez toi, pour le chat, et après on t'emmènera.

– Vous m'emmènerez où ça ?

– À ta colo. On va pas te laisser dans ce merdier, je t'ai dit.

Ils ne se parlent plus jusque dans sa rue, où il les a conduits à regret, mais comment faire autrement ?

– C'est laquelle, ta maison ? Celle-ci ?

– Oui.

Le lotissement est désert. Les voisins sont déjà partis en vacances.

– Tu as la clé de ta boîte aux lettres ?

– Non.

– C'est pas grave.

Il la force facilement, avec un simple tournevis, presque sans abîmer la serrure.

– Ton père pourra réparer ça avec une pince, au pire vous en rachèterez une, de boîte.

Guillaume approuve. Il prend la clé et se dirige vers le garage. Il entre, monte l'escalier à la course, fonce à sa chambre, ouvre la porte, s'attend à voir le chat fuser entre ses jambes, libéré. Mais il ne se passe rien. Il appelle :

– Flocon ?

Il revient dans la salle et trouve le chat en boule sur le canapé, endormi, paisible. Il le caresse un peu. «Je vais pas m'en vanter de celle-là», se dit-il, partagé entre la honte et le soulagement. Quand il redescend, ils sont deux à l'attendre dans le garage, le maigre de la place du mort et son voisin musclé du siège arrière.

– Ça allait, ton chat? Tu l'as délivré?

– Oui, ment-il, mais pourquoi vous êtes entrés? Mes parents ne veulent pas que je...

– Viens, monte avec nous.

«Bon, pense-t-il, je le savais.»

Ça devait finir comme ça avec ces types. Il le savait depuis le tout début, depuis les toutes premières questions, dans la voiture. Pourquoi leur a-t-il raconté sa vie? Pourquoi les a-t-il amenés jusqu'ici? Il a parié secrètement qu'ignorer le danger l'empêcherait d'exister. Mais ça n'a pas marché. Les pensées magiques ne marchent pas. Et maintenant le danger est là, terrifiant.

Il cherche autour de lui une arme avec laquelle il pourrait se battre contre eux. Sur l'établi, il y a un marteau et une paire de tenailles. Ils suivent son regard, comprennent et sourient.

– Allez, fais pas le con. Viens.

Ils sont avec lui dans le salon. Ils ont mis des gants. Le maigre débranche le téléviseur à écran plat, le pose sur la table et entreprend de fouiller les placards. L'autre, le musclé, est déjà dans le bureau de son père et il en revient avec l'ordinateur familial.

– Non, dit Guillaume, il y a toutes les photos de ma mère, tous les souvenirs, elle va…

Le type lève juste la main dans sa direction. Ça veut dire : On ne t'a rien demandé. Ne parle que si on te demande quelque chose, d'accord ? Il se tait. Tout ce qu'il pourrait entreprendre lui semble ridicule : crier, se jeter sur eux, les menacer… Il devrait agir, défendre les biens de sa famille. Il a presque quinze ans, il n'est plus un enfant. Mais c'est étrange, aussi. C'est un cambriolage et ça n'en est pas un. Ils font ça sans joie, sans hâte, sans peur. On dirait presque qu'ils s'ennuient. Si quelqu'un arrivait à l'improviste, ils diraient la vérité : ils ont ramené Guillaume qui avait enfermé son chat dans sa chambre, pas vrai Guillaume ?

– Ses bijoux, elle les met où, ta mère, quand vous partez en vacances ?

C'est le maigre aux yeux rouges qui a demandé ça. Il se sent impuissant, humilié. Comme il ne répond pas, le musclé prend le pied de la lampe halogène du salon, l'incline et fait mine de le lâcher.

– Dans le garage, gémit Guillaume, et il se dit qu'il fait décidément n'importe quoi : pour les empêcher de casser la lampe halogène, il vient de révéler où se trouvent les bijoux de sa mère.

Il doit les accompagner et leur montrer la cachette, une vieille boîte métallique sur une étagère chargée de pots de peinture. Le maigre les met dans sa poche sans prendre le temps d'en estimer la valeur.

– Il y a de l'argent dans la maison ?

Il secoue la tête. Non, il n'y en a pas. Il n'y en a jamais. Les deux le regardent, dubitatifs.

– Tu nous le dirais..., murmure le musclé, comme s'ils étaient de vieux amis qui n'iraient pas se mentir, quand même.

– Je vous le dirais, répond Guillaume, et c'est vrai qu'il le dirait.

La vérité, c'est qu'il a tellement peur qu'il est prêt à tout pour qu'ils ne lui fassent pas de mal. Il sait déjà qu'il aura terriblement honte quand ce sera fini, mais il n'y peut rien.

Les revoilà sur l'autoroute. Aussi peu bavards qu'à l'aller. Mais cette fois le conducteur est plus prudent, il roule sur la voie de droite et plus lentement. Il s'adresse à Guillaume dans le rétroviseur.

– On te ramène.

Le musclé lui explique, à raison d'une phrase toutes les dix minutes : que c'est leur route ; qu'ils avaient un autre « projet » en montant, mais que le coup avec lui, c'était mieux ; qu'il n'a pas à s'en faire ; qu'il n'aura qu'à se taire et c'est tout ; que ses parents sont assurés.

Guillaume l'écoute et rumine de sombres pensées. Pourquoi lui disent-ils tout ça ? Pourquoi lui laissent-ils le temps de bien les observer ? Dans les films, les bandits éliminent celui qui en sait trop, c'est la règle. Ils vont sans doute s'arrêter dans un bois et l'abattre d'une balle dans la tête. Désolé, gamin, tu en savais trop. Mais ils ne s'arrêtent pas. Ils quittent l'autoroute et le GPS les guide en moins d'une heure jusqu'au village où se trouve la colonie. L'« oncle Michel » engage la voiture dans un chemin écarté et se tourne vers lui. Il ne se donne même pas la peine de prendre l'air méchant. Il parle d'une façon tout à fait ordinaire et c'est encore plus effrayant comme ça :

– Descends ici et finis à pied.

Et il ajoute :

– On a eu le temps de bien te voir, d'accord. S'il y a un problème avec toi, on te reconnaîtra, d'accord ?

Il descend. Il leur dit au revoir, il est à deux doigts de leur dire merci. Peut-être qu'il leur dit merci.

À la colo, ils sont hallucinés en le voyant arriver à pied, son petit sac sur le dos. Ils sont six autour de lui et ils le bombardent de questions : Où étais-tu ? Qu'est-ce que tu as fait ? Il invente une histoire de médicament oublié, oui, pour son allergie, son rhume des foins, ça l'angoissait de l'avoir oublié, il a fait demi-tour en auto-stop. Ils sont sidérés. Tu es inconscient ou quoi ? Il va falloir te surveiller de près, toi... Ils appellent la gendarmerie pour dire que c'est bon, l'enfant est retrouvé. Il demande s'ils ont prévenu ses parents. Non, ils n'ont pas pu les joindre. Il supplie qu'on ne les prévienne pas. Qu'ils vont le tuer s'ils savent. Ils disent bon, d'accord après tout puisque tout est bien qui finit bien, mais qu'il ne s'avise pas de bouger une oreille pendant toute la colo, sinon...

Le séjour dépasse toutes ses espérances. Il se fait de nouveaux amis, trouve l'astronomie passionnante. Il s'est si bien comporté qu'on en oublie presque l'incident du voyage aller. Lui aussi l'a relégué très loin dans sa mémoire, au point qu'il se demande si c'est vraiment arrivé. Peut-être qu'il va trouver sa maison intacte au retour. Peut-être qu'il n'y aura pas eu de cambriolage.

Mais cette fois non plus la pensée magique ne fonctionne pas.

Ses parents sont là pour l'accueillir sur le parking du supermarché. Ils l'embrassent avec une chaleur à laquelle il n'était pas habitué. On n'est pas très loin de la tendresse. Il a eu raison de leur tenir tête. Dans la voiture, ils se racontent leurs vacances respectives.

– Tu nous as manqué, dit sa mère, mais on s'est bien amusés quand même.

Il s'étonne d'arriver à leur dire :

– Vous m'avez manqué aussi.

– Mon œil ! dit sa mère.

Ils en rient tous les trois. Puis, comme on approche de la maison, son père en vient au fait :

– Guillaume, ce n'est pas ta faute. On est sûrs que tu as tout fait comme on te l'a dit. On en est persuadés. La maison était propre et tout était en ordre. Seulement... j'ai une triste nouvelle : nous avons été cambriolés.

– Non ! s'exclame-t-il, et ça sonne si juste qu'il s'en étonne lui-même.

– Si. Ils nous ont pris l'ordinateur, l'écran plat et surtout les bijoux de maman. On se demande comment ils les ont trouvés, mais ils les ont trouvés. Ils sont très forts. On se demande aussi comment ils ont su que la clé de la maison était dans la boîte aux lettres. On ne le saura jamais. C'est comme ça.

– Oh, non ! reprend Guillaume. L'ordi avec toutes les photos. Et les bijoux de maman...

– Oui, et il y a quelque chose qui va te peiner encore plus, mon grand, parce que tout ça, ce ne sont que des choses matérielles, alors que...

Son cœur se serre.

– Qu'est-ce qui s'est passé, papa ?

– Il s'est passé qu'en repartant ces salopards ont enfermé le chat dans ta chambre.

PARDON

Le Dr Barrère reposa sur son bureau le document qu'il venait d'étudier, ôta ses lunettes, se massa la base du nez entre le pouce et l'index, remit ses lunettes, se racla la gorge, fit pivoter son fauteuil dans le bon axe, joignit les deux mains et, prenant sa voix la plus humaine, celle qui lui servait à annoncer les mauvaises nouvelles à ses patients, il se lança :

– Monsieur Duc, je suis très embêté. Les analyses que j'ai reçues ce matin du laboratoire ne sont pas bonnes, inutile de nous voiler la face. Le taux de globules blancs contenus dans votre sang est au-dessus de la norme, très au-dessus de la norme en fait. Il n'est pas question de dramatiser outre mesure, mais il ne faut certainement pas prendre ça à la légère non plus, vous me comprenez ?

L'homme, assis sur une chaise, de l'autre côté du bureau, acquiesça brièvement pour indiquer que oui, il comprenait. C'était un petit vieux très soigné de sa personne. On remarquait en premier la frange de fins cheveux blancs sagement arrangée sur le front. Puis la douceur et la gaieté de son regard. Il ressemblait à Fred Astaire vieux. Il avait la même grâce. Mais il n'avait jamais su danser.

Les deux hommes se connaissaient depuis une trentaine d'années et se portaient une grande estime réciproque. À la mort de son médecin précédent, M. Duc s'était tout naturellement tourné vers son successeur dans le même cabinet, le Dr Barrère, et il lui était resté fidèle depuis.

Le docteur, qui avait vingt ans de moins que lui, appréciait la gentillesse du vieil homme, sa correction un peu désuète, et surtout le fait qu'il ne consultait que lorsqu'il était malade d'une vraie maladie, facile à identifier et facile à soigner. Bref, un patient modèle.

De son côté, M. Duc appréciait la simplicité du docteur, sa compétence, sa capacité à rassurer.

Tous les deux se séparaient toujours sur une poignée de main chaleureuse et le même rituel : « Au revoir, monsieur Duc. – Au revoir, docteur, et merci. » Cela leur suffisait.

À présent, le Dr Barrère était bien plus qu'« ennuyé ». Il était en train de vivre ce qu'il détestait le plus dans son métier, et d'autant plus avec une personne aussi attachante que M. Duc. Il ravala son émotion et reprit, sur un ton qu'il voulut combatif :

– Vous savez ce que nous allons faire, monsieur Duc? Eh bien, nous allons procéder à une vérification. Nous allons demander un myélogramme, de façon à connaître avec précision l'état de votre moelle osseuse. Mais je ne vous cache pas que...

– Combien de temps me reste-t-il à vivre, docteur?

La question, posée avec calme, le stoppa dans son élan. Il ne se rappelait pas que M. Duc l'eût jamais interrompu en trente ans de consultation.

– Oh! mais qu'est-ce que vous allez chercher... nous n'en sommes pas là... vous savez que les pronostics, dans ce domaine, sont très imprudents... il y a tellement de paramètres qui... que...

– Docteur..., l'interrompit encore M. Duc avec un petit sourire triste, et cela voulait dire: s'il vous plaît, pas de ça entre nous, nous sommes de vieilles connaissances, n'est-ce pas? Je suis votre patient depuis trente ans, et vous êtes mon docteur, et maintenant j'ai besoin d'entendre la vérité, je vous la demande, alors épargnez-moi vos myélo...trucs et dites-la-moi, je vous prie...

Le docteur écarta les bras, indécis.

– Je vais vous aider, souffla M. Duc. Est-ce qu'il s'agit d'années, de mois ou de semaines?

Le docteur soupira, ouvrit la bouche pour continuer à expliquer qu'on ne pouvait pas savoir, que les pronostics étaient si souvent déjoués, que ceci et que cela, mais il se ravisa: oui, il devait la vérité à cet homme. S'il ne la lui disait pas à lui, à qui la dirait-il jamais ?

– Il s'agit... de mois, dit-il posément en regardant son patient dans les yeux. Huit au mieux, peut-être moins.

M. Duc était tellement sous le choc en quittant le cabinet médical qu'une fois sur le parking, où il avait pourtant ses habitudes, il fut incapable de retrouver sa voiture. Il erra un moment parmi les allées, perdu et se mordant les doigts d'avoir refusé l'ambulance proposée par le docteur, puis par la secrétaire. C'était un vaste parking à ciel ouvert, en terrasse, auquel on accédait par un escalier métallique. Après plus d'un quart d'heure de recherche, il dut se rendre à l'évidence : il ne retrouverait pas sa voiture. Il redescendit l'escalier, raide et sonore, et revint à pied au cabinet médical. Il expliqua à l'accueil ce qui lui arrivait et ajouta :

– Pourriez-vous appeler ma femme, s'il vous plaît, et lui dire de venir ?

Quand elle arriva, en taxi, elle le trouva assis par terre, adossé à un muret, comme un adolescent. Elle trottina jusqu'à lui en murmurant son prénom : Joseph... Joseph... et l'aida à se relever.

– Qu'est-ce qui t'arrive, mon amour ?

– J'ai une mauvaise nouvelle, dit-il seulement, et il la prit dans ses bras.

Ils restèrent un long moment enlacés, sans parler, indifférents aux gens qui se retournaient sur eux, intrigués par le spectacle de ces deux vieilles personnes en larmes.

Pendant la semaine qui suivit, ils rencontrèrent encore le docteur, puis un chirurgien de l'hôpital. L'un et l'autre confirmèrent qu'une opération serait inutile. Autant profiter de la vie, laissèrent-ils entendre.

Dès lors, Mme Duc entreprit de trouver ce qui ferait plaisir à son mari. Il était certes déjà fatigué par la maladie, mais il avait encore l'énergie suffisante. Un voyage, peut-être ? Quelle était la destination dont il avait toujours rêvé en secret ? Le Japon ? L'île de Pâques ? Ou bien préférait-il revoir Venise, en descendant non pas dans cette pension bon marché où ils avaient dormi, étudiants, un demi-siècle plus tôt, mais dans un hôtel de luxe, cette fois ? Est-ce que cela lui dirait d'aller dîner dans les meilleurs restaurants de France ? Ou de séjourner à Paris et d'assister à un opéra ? Ils avaient les moyens de s'offrir cela désormais. À quoi bon économiser ?

À toutes ces propositions : Voudrais-tu faire ceci et voudrais-tu faire cela, il ajoutait mentalement les trois mots « avant de mourir ? » et cela lui ôtait par avance tout le plaisir promis. Elle finit par le comprendre et cessa de l'ennuyer. Ce qu'il désirait par-dessus tout, c'était une chose qui ne coûtait rien et qui pourtant était la plus précieuse : ne rien changer à cette vie qu'il aimait. Être aux côtés de sa femme adorée, lui parler, marcher avec elle dans le jardin, cuisiner des petits plats mijotés, écouter de la musique, lire un roman.

C'est le jour même où elle avait renoncé à sa recherche et qu'elle n'attendait plus rien de ce côté-là, qu'il lui confia ce qu'il voulait faire « avant de mourir ».

Ils étaient assis sur la balancelle de la terrasse, à regarder la nuit descendre sur la campagne. L'automne approchait et ils avaient mis une couverture sur leurs jambes. Ils se taisaient depuis un moment.

– Ce que je voudrais, dit-il à voix basse, ce que je voudrais faire avant de partir, c'est retrouver les gens à qui j'ai causé du tort et leur demander pardon.

Elle marqua un temps de surprise.

– Du tort ? Mais quel tort, mon amour ? Tu n'as jamais fait de mal à une mouche.

– Bien sûr, reprit-il, bien sûr, je n'ai pas commis de crime, je n'ai rien fait d'épouvantable, mais personne ne peut vivre soixante-quinze ans sans avoir failli. Je me suis mal comporté quelquefois, et des gens en ont souffert. Ça me pèse. J'y repense toujours… Je ne veux pas m'en aller en laissant ça derrière moi. C'est comme toi qui détestes laisser la maison en désordre quand nous partons. Moi, je voudrais mettre de l'ordre dans ma conscience.

– J'ai du mal à imaginer ce que tu as pu faire de mal, dit-elle en riant. Dis-moi, pour voir…

– Oh, tu vas trouver que ce sont des broutilles.

– Dis-moi quand même…

Il prit un temps, puis commença :

– J'avais dix-huit ans et j'étais encore au lycée, en classe de terminale. Une jeune fille de ma classe était amoureuse de moi, mais moi, je n'étais pas amoureux d'elle. Je lui ai tout de même donné rendez-vous pour lui expliquer que j'étais désolé, que le plus sage était qu'elle renonce à moi. Et sur le chemin j'ai croisé cette autre fille, dont j'étais amoureux, et nous sommes partis ensemble nous promener. C'est idiot, mais j'en ai complètement oublié le premier rendez-vous, et pire : le hasard nous a amenés, bras dessus bras dessous, dans le parc où l'autre m'attendait. Elle nous a vus. Elle a juste ouvert grand la bouche et elle s'est enfuie. Oui, elle est vraiment partie en courant. C'était à la fin du mois de juin. Les vacances d'été. Elle a quitté la région. Je ne l'ai jamais revue.

Il prit sa tête dans ses mains.

– Oh, mon Dieu, comme j'ai dû la blesser…

Elle n'eut pas du tout envie de rire. « Voilà cinquante ans que je vis avec cet homme, pensa-t-elle, et il a gardé ce secret pour lui. Il a dû en garder tant d'autres. On ne se connaît jamais, au bout du compte. » Elle se rassura à l'idée qu'elle aussi avait des secrets qu'elle ne lui avait jamais confiés. C'était sans doute dans la nature humaine.

– Oui, répondit-elle, je pense qu'elle a dû te détester. Tu te souviens de son nom ?

– Oui, bien sûr, je m'en souviens. Elle s'appelait Marie-France.

– Et tu sais où elle pourrait se trouver aujourd'hui ?

– Non, je n'en ai aucune idée.

Il évoqua ensuite un camarade de l'école communale dont on se moquait à cause de ses vêtements sales ou mal raccommodés, puis un professeur de mathématiques qu'ils avaient poussé jusqu'à la dépression, au collège. La faute était collective dans ces deux cas, mais il ne s'en estimait pas moins coupable. Il se rappela ce collègue de bureau qu'il n'avait pas défendu lors de son renvoi injuste, cet ami qui ne parlait pas anglais et qu'il avait abandonné dans les rues de Londres où il s'était perdu. Il se souvint d'invitations non rendues, de négligences, de paroles maladroites, d'une réflexion méchante qui lui avait échappé à telle ou telle occasion, d'un simple regard parfois qu'il avait jeté à quelqu'un et qu'il regrettait. Et plus la liste s'allongeait, plus il était gagné par l'accablement. Il gémissait, la tête penchée sur la poitrine.

– Oh, mon Dieu, je ne pourrai jamais réparer tout ça…

Elle aurait pu minimiser, lui faire admettre que ce n'était pas si dramatique, mais elle savait que ce serait inutile, qu'il valait mieux aller dans son sens. Elle lui prit la main et s'appuya contre son épaule.

– Tu as raison, Joseph. Il est impossible de réparer tout le mal qu'on a fait, mais on peut réparer un peu, non ? Ce sera mieux que rien, et si ça doit t'apporter du réconfort, je suis prête à t'aider. Par qui voudrais-tu commencer ? À ta place, je choisirais Marie-France. En espérant qu'elle soit toujours en vie, bien entendu. Si c'est le cas, je suis sûre que nous pourrons la retrouver. Les moyens ne manquent pas aujourd'hui. Je te propose que nous commencions nos recherches demain et…

– Non, la coupa-t-il. Pas Marie-France. Je n'ai pas beaucoup de temps devant moi et je vais m'affaiblir vite, je le sais, alors il faut aller au plus grave, à ce qui me peine le plus… et ce n'est pas Marie-France…

Il se tut un instant.

– Dis-moi, l'encouragea-t-elle.

Il remonta la couverture sur son ventre et soupira. Puis il raconta d'une voix sourde et monocorde.

– Je faisais mon service militaire… il y avait un type qui s'appelait Lherbier et qui avait un bec-de-lièvre… c'était le souffre-douleur du régiment… un soir, dans la chambrée, deux gars ont commencé à l'embêter… ils lui reprochaient quelque chose, j'ai oublié quoi… je me suis approché et je l'ai pris par le bras pour le défendre, pour l'éloigner… il a mal compris mon geste… il a cru que je voulais l'agresser moi aussi et il m'a donné un coup de tête sur la bouche… ma lèvre a éclaté… ça a été le signal de l'attaque… les gars lui sont tombés dessus et l'ont jeté à terre… mais il se débattait comme un fou et ils n'arrivaient pas à l'immobiliser… l'un des deux m'a crié: «Aide-nous! Tu te laisserais cogner sans rien dire! T'es une lopette ou quoi?» Ça m'a vexé… alors je me suis baissé pour attraper les chevilles de Lherbier qui gigotait… il m'a encore donné un coup de pied sur la bouche, là où j'avais mal… il était comme enragé… alors je me suis allongé sur ses jambes pour les plaquer au sol et j'ai laissé les gars faire tout ce qu'ils voulaient… ils lui ont baissé son pantalon, son caleçon et ils l'ont barbouillé de cirage noir… ça a duré longtemps… ils l'ont humilié… en actes et en paroles… cinquante ans plus tard je ne sais toujours pas comment j'ai pu participer à ça… me rabaisser à ça… j'en ai gardé la honte toute ma vie… et j'en ai honte encore…

À présent Joseph Duc sanglotait doucement.

– Tu as été entraîné, lui dit-elle. Tu étais jeune. Ça te ressemble si peu. La différence entre eux et toi, c'est que toi tu regrettes. On va le retrouver ton Lherbier, tu lui parleras et il pourra peut-être te pardonner.

Il hocha la tête en signe d'assentiment.

Ils ne possédaient pas d'ordinateur. Aussi, dès le lendemain, ils se rendirent chez leur petit-neveu qui avait seize ans. Il les conduisit à contrecœur dans sa chambre, qui semblait n'avoir pas été aérée depuis des mois, et ils se frayèrent un chemin au milieu du linge sale et du matériel électronique qui encombraient le sol.

– Comment il s'appelle, votre gars ?

– Lherbier, répondirent ensemble M. et Mme Duc, Fernand Lherbier.

– Et il aurait quel âge ?

– Dans les soixante-quinze, comme nous.

Ils furent stupéfaits de la vitesse à laquelle l'adolescent débusqua leur bonhomme. Il pianota sur son clavier comme si sa vie en avait dépendu et, au bout de trente secondes, il leur donna l'adresse et le numéro de téléphone.

– Tu es certain que c'est lui ? demanda M. Duc.

– Il n'y en a qu'un seul en France. Ou bien c'est lui, ou bien c'en est un autre et le tien est mort, tonton. Moi, je pense que c'est lui.

Fernand Lherbier habitait dans le Pas-de-Calais, à l'autre bout du pays. Ils s'y rendirent par le train en une journée de voyage et descendirent dans un petit hôtel d'Arras. Le soir même, assis côte à côte sur le lit, ils composèrent le numéro. Tandis que cela sonnait à l'autre bout du fil, ils échangèrent un sourire complice. C'était sacrément excitant, ce qu'ils faisaient là.

Lherbier répondit lui-même. Oui il était bien le bon Fernand Lherbier ; oui, bien sûr, il se rappelait Joseph Duc. Et comment ! « Ça alors, pour une surprise ! » répéta-t-il au moins trois fois. Il indiqua à Duc, sans préciser davantage, que ce n'était pas « très pratique » de le recevoir chez lui, et il préféra lui donner rendez-vous le lendemain matin, à dix heures, dans un café du centre-ville. « Tu me reconnaîtras facilement, ajouta-t-il, j'ai une barbe et je lirai *La Voix du Nord*. – Et moi, répondit Duc, j'aurai l'air de chercher un type qui a une barbe et qui lit *La Voix du Nord*. » Ils rirent de bon cœur.

Il y alla seul, abrité sous un parapluie emprunté à la réception de l'hôtel. En marchant, il se demanda ce qu'il allait dire ou ne pas dire de son état de santé. Il se demanda aussi quel genre de personne il allait trouver. Au téléphone, Lherbier avait paru jovial et heureux de revoir un vieil ami. Seulement, ils n'étaient pas amis. Ils ne l'avaient jamais été.

C'était un bistrot sans charme où régnaient le Formica et le similicuir. Il repéra immédiatement l'homme barbu et massif qui lisait son journal, installé sur une banquette, sous un grand miroir piqué de rouille. Le petit Lherbier imberbe de l'époque est caché quelque part dans ce gros corps inconnu, se dit-il, un peu décontenancé. Il s'approcha.

– Bonjour. Je suis Joseph Duc.

Lherbier se leva, souriant, fit d'abord mine de l'embrasser mais se contenta finalement de lui emprisonner la main entre les deux siennes et de la serrer fort.

– Duc, ça alors ! Assieds-toi ! Qu'est-ce que tu prends ?

Lherbier, que le patron tutoyait, commanda un demi et Duc un café. On les servit aussitôt.

Ils échangèrent d'abord les plaisanteries d'usage sur leur apparence et leur âge, puis ils entreprirent de se raconter en accéléré leurs vies respectives. Après la guerre d'Algérie, Lherbier avait fait sa carrière dans le gardiennage, puis la vidéosurveillance. Oui, il était toujours resté dans la région. Il avait beaucoup pratiqué le football, en amateur, comme arrière gauche. Non, il ne s'était jamais marié.

– Avec mon « truc », tu sais..., expliqua-t-il en montrant son visage, les femmes ne m'ont jamais vraiment couru après ! et il éclata de rire.

Malgré la barbe et la moustache fournies, on devinait encore l'importante malformation de la lèvre supérieure. Duc ne releva pas. Par courtoisie, il resta discret sur le couple heureux qu'il formait avec son épouse depuis cinquante ans. Il indiqua cependant qu'ils n'avaient pas eu d'enfants, comme quoi, n'est-ce pas ? rien n'est obligatoire dans la vie.

Tout en buvant leur consommation, ils évoquèrent leur guerre d'Algérie, et bien sûr leur service militaire commun, juste avant le début de ce qu'on appelait alors avec pudeur les « événements ». Lherbier avait sur cette période-là un point de vue surprenant et Duc s'attendit à plusieurs reprises à l'entendre lâcher un « c'était le bon temps » ou une autre réflexion de ce genre. Il aurait préféré en venir au plus vite à ce qui l'amenait, mais ce n'était jamais tout à fait le moment. Son estomac se nouait. Il se sentait indécis comme un amoureux qui tourne autour du pot avant de déclarer sa flamme.

– Et qu'est-ce qui t'amène ici ? demanda enfin Lherbier. C'est pas la douceur du climat, je suppose ?

Cette fois, Duc ne pouvait plus reculer, mais il se sentait terriblement mal à l'aise. Lherbier n'était certainement pas quelqu'un dont il aurait pu faire un ami, il était bien trop différent de lui, mais la conversation était cordiale, presque chaleureuse. Pourquoi tout briser ? Évoquer le souvenir douloureux de jadis et l'humiliation de Lherbier semblait déplacé à cet instant, malvenu. Seulement, il s'imaginait mal regagner sa chambre d'hôtel et avouer à sa femme qu'il avait finalement renoncé à son projet. Elle l'avait soutenu, ils avaient fait le voyage. Il fallait se jeter à l'eau.

– Eh bien, commença-t-il, je suis venu jusqu'ici pour te voir. Ça faisait longtemps que ça me trottait dans la tête.

Lherbier marqua un étonnement. Son visage se figea.

– Pour me voir ?

Duc faisait tourner le reste de café au fond de sa tasse, embarrassé.

– Oui. Tu vas sans doute être surpris, mais il y a

quelque chose qui me chiffonne depuis toujours, et il fallait que je t'en parle.

Lherbier fronça les sourcils et attendit.

– Oui, rappelle-toi... un soir, dans la chambrée... deux gars et moi t'avons...

Le mot juste n'était pas facile à trouver.

–... t'avons... molesté... moi je ne voulais pas au début... je voulais plutôt te défendre, mais après... je me suis laissé entraîner et... voilà... je regrette beaucoup... je...

Lherbier esquissa un sourire un peu forcé, sembla-t-il à Duc. Et son regard se durcit.

– Ooooh, fit-il, et c'est pour ça? C'est ce qui te travaille? Mais c'est loin. Des bêtises de jeunes. J'avais presque oublié, moi.

« Presque » oublié? pensa Duc. Après plus de cinquante ans? Est-ce qu'il faudrait encore un demi-siècle pour qu'il oublie tout à fait?

– Je ne sais pas si tu as oublié un peu ou beaucoup, dit-il, mais moi non, je n'ai pas oublié du tout... et je voulais te demander pardon, même après tout ce temps, voilà. Pardon de t'avoir infligé ça. Je te demande pardon pour moi et aussi pour les deux autres. Je ne sais pas ce qu'ils sont devenus d'ailleurs.

– Ce qu'ils sont devenus? répéta Lherbier, énigmatique. Dieu seul le sait.

Duc regretta d'avoir enchaîné sur les deux autres avant d'avoir eu la réponse à ce qui le concernait lui, personnellement. Il aurait dû se taire et attendre après avoir demandé pardon. À présent régnait un lourd silence entre les deux hommes.

– Je comprends que ce soit difficile pour toi, reprit Duc, j'imagine que tu as dû en souffrir beaucoup et que...

– Arrête avec ça, l'interrompit Lherbier, c'est de l'histoire ancienne je te dis. Laisse tomber. Est-ce que tu reprends un café ? Moi, je boirais bien la petite sœur à celle-ci.

– La petite sœur ?

– Oui, la petite sœur à ma bière ! rigola Lherbier en désignant son verre vide. Ça va toujours par deux, ces bêtes-là, non ?

Dans le train du retour, M. et Mme Duc ne parlèrent que de la rencontre. Ils la commentèrent, la disséquèrent. Duc avoua qu'il en avait attendu autre chose. Lherbier n'avait pas été « à la hauteur », estimait-il. Il avait fait preuve de désinvolture.

– Tu aurais voulu quoi ? demanda-t-elle. Qu'il te dise solennellement « Je te pardonne » ? Qu'il t'embrasse ? Qu'il te donne l'absolution ?

– Oui, répondit-il, quelque chose comme ça.

Il regrettait presque de ne pas avoir été plus direct : Je vais mourir dans quelques mois, Lherbier, je suis fatigué, j'ai traversé la France pour te demander pardon et partir en paix, est-ce que tu peux comprendre ça ?

– Tu aurais donc voulu l'obliger à donner à cette histoire la même importance que tu lui accordes, toi, c'est ça ?

– Oui, c'est ça.

– Mais tu devrais être heureux au contraire qu'il n'y accorde que peu d'importance, lui, tu devrais en être soulagé.

– Je devrais…

Trois semaines s'écoulèrent, le temps nécessaire au vieil homme pour surmonter un peu sa déception. Il convint qu'il avait eu tort d'écrire à l'avance le scénario de sa rencontre avec Lherbier. Les choses se déroulent rarement comme on les imagine. La vie, dans son infinie variété, se joue bien de nos prévisions. Il l'aimait justement pour cela, la vie, et l'idée de la quitter bientôt le plongeait dans une angoisse lancinante.

Par ailleurs, il guettait chaque jour en vain les signes de progression de sa maladie. Il aurait dû souffrir davantage, à ce stade, et surtout être plus fatigué qu'il ne l'était. Or les médicaments antalgiques qu'on lui avait prescrits par avance étaient restés dans le tiroir de la pharmacie et, pour dire la vérité, il ne se sentait pas en si mauvaise forme.

Il se trouvait dans cet état contradictoire quand survint un événement quasi miraculeux.

Le téléphone sonna à sept heures trente du matin. Mme Duc décrocha, en robe de chambre.

Le Dr Barrère voulait parler à M. Duc. Elle apporta le téléphone sans fil à son mari qui était encore au lit. Oui... oui... oui..., répondit-il une dizaine de fois avant de raccrocher et de se lever pour enfiler son pantalon.

– Qu'est-ce qui se passe ? demanda-t-elle.

– Il veut me voir. D'urgence.

En trente ans, M. Duc n'avait jamais vu son médecin dans un tel état de confusion. Il faisait un effort surhumain pour garder son calme, mais l'émotion le dépassait. Ses mains tremblaient, sa voix se faussait, il bafouillait, s'excusait. Une invraisemblable erreur avait été commise au laboratoire d'analyses, une erreur due à une homonymie, Duc n'était pas un patronyme si rare... Il existait deux dossiers à ce nom, et la secrétaire les avait intervertis, voilà ce qui était arrivé... Bien sûr, cela restait impardonnable, complètement impardonnable et d'ailleurs, si M. Duc souhaitait porter plainte pour préjudice moral, on pourrait le comprendre. En tout cas, le mal était fait. De mémoire de médecin, Barrère n'avait jamais connu pareille bévue. Il était désolé, confus, navré, bouleversé...

M. Duc interrompit la recherche d'adjectifs de son docteur en lui posant la seule question qui valait :

– Et que dit mon dossier ? Je parle du mien, du bon. Que dit mon analyse ?

Le docteur avala sa salive et balbutia :

– Elle dit que vous devriez manger un peu moins gras. Les petits plats mijotés de Mme Duc, je suppose…

– C'est tout ?

– C'est tout, monsieur Duc. Pour le reste, vous vous portez comme un charme.

Sur le parking, il eut à nouveau du mal à retrouver sa voiture, mais cette fois cela le fit rire. Avant de rentrer, il passa chez l'épicier du quartier et acheta une bouteille de champagne. L'épicier, qui le connaissait bien, lui demanda ce qu'il fêtait et Duc répondit qu'il fêtait son cholestérol. Il trottina le reste du chemin, sa bouteille à la main et rempli d'une allégresse inconnue. À chaque pas, il se disait : « Voilà, le bonheur c'est très exactement ça. À cet instant il n'y a pas sur la Terre un être humain plus heureux que moi. »

Ils eurent une pensée compatissante pour l'autre Duc, dont le destin croisait le leur, mais cela ne diminua guère leur euphorie. La perspective de vivre encore une quinzaine d'années ensemble, au lieu de quelques mois seulement, semblait un cadeau divin, inespéré. Tout se mit à leur faire plaisir, tout ce qui d'ordinaire les contrariait, jusqu'à cette froide pluie d'automne qui s'était installée, jusqu'aux embouteillages.

– Est-ce que du coup tu vas renoncer à ton projet ? lui demanda-t-elle un jour.

– Non, certainement pas, répondit-il, j'ai été un peu échaudé par ma première expérience avec Lherbier, mais il ne faut pas que ça me décourage.

Elle lui proposa de continuer par Marie-France. De toutes les histoires que lui avait racontées Joseph, c'est celle qui l'avait le plus émue. Il fut d'accord et, l'après-midi même, il se rendit en ville pour demander à son petit-neveu de lui trouver l'adresse.

Il ne voulait pas retomber dans son travers et s'exposer à une nouvelle déception, mais cette fois il avait la certitude que cela se passerait mieux. Il imaginait une charmante vieille dame qui l'écouterait avec émotion et qui lui pardonnerait vraiment, sincèrement. Peut-être pourraient-ils même se fréquenter ensuite, et devenir amis ?

Il pensait à tout cela en garant sa voiture sur le parking, et à plus encore. Il se projetait déjà au-delà de Marie-France, à la rencontre de tous les autres, de tous ceux et toutes celles à qui il avait fait du mal au long de sa vie. Quel beau projet ! Où cela l'entraînerait-il ? L'idée d'aller jusqu'au bout de la Terre, en Australie ou en Amérique, juste pour dire à quelqu'un : « Pardonne-moi », cette idée le ravissait d'avance. « Et tu as traversé l'Océan pour ça ? – Oui j'ai traversé l'Océan pour ça... » Il se faisait les questions et les réponses, et les larmes lui en venaient aux yeux. Peut-être même que sa femme se joindrait à lui, pour elle-même, dans la même entreprise ? Elle aussi avait sans doute blessé des gens. Qui ne l'a pas fait ? Elle aussi regrettait.

Ils avanceraient ainsi, ensemble, pendant les années qui leur restaient à vivre. Ils avanceraient en réparant, en raccommodant, en apaisant, en remettant de l'ordre dans ce qui était dérangé, en redressant ce qui était tordu dans le paysage de leurs âmes. De la même façon qu'on range une maison, un jardin, avant de partir, afin de les laisser propres pour soi-même quand on y reviendra ou, si on ne devait jamais y revenir, pour ceux qui y viendraient à votre place.

Il ferma sa voiture à clé et se dirigea joyeusement vers l'escalier métallique. Il ne fit pas attention à la camionnette verte rangée contre le grillage du parking, ni à l'homme dissimulé derrière et qui l'épiait.

Lherbier passa la main dans sa barbe et se prépara à surgir de sa cachette.

Quinze jours lui avaient donc suffi pour trouver la faille, le point vulnérable. Quinze jours de filature, à observer les allées et venues du vieil homme, que ses habitudes avaient fini par trahir. Le parking souvent désert, la caméra de surveillance facile à neutraliser pour un homme du métier comme lui, l'escalier raide, profond, les angles durs, presque coupants de ses marches métalliques... Le théâtre idéal pour son forfait en quelque sorte.

Les deux autres ordures avaient été plus faciles à retrouver. Et leur sort réglé de façon identique et radicale, trente ans plus tôt : deux escaliers, deux coups d'épaule, et chaque fois les mêmes mots, dits les yeux dans les yeux, juste avant : « Moi c'est Lherbier, tu me reconnais ? » Et l'index qui indique la lèvre supérieure.

Avec Duc, cela avait demandé davantage de temps. Ce salopard était resté longtemps insaisissable. Ce n'était pas faute de l'avoir traqué, mais il n'y avait aucune trace de lui dans l'annuaire, pas plus que sur Internet, plus tard. À croire qu'il était mort. Et voilà qu'après cinquante-cinq ans, il était réapparu. De sa propre initiative ! L'agneau qui vient cogner à la porte de l'abattoir et se renseigne sur les heures d'ouverture.

Comme Duc approchait de la fosse d'escalier, Lherbier s'élança sur le goudron du parking. Pendant les quelques mètres de sa course, il se revit dans la chambrée, tenu au sol, ventre offert, il réentendit les mots humiliants, il se réentendit lui-même crier à ses bourreaux d'arrêter, les supplier d'arrêter. « Comment cet homme qui est intelligent, bien plus intelligent que moi, a-t-il pu penser une seconde qu'on pouvait pardonner *ça* ? » se demanda-t-il avant de l'interpeller d'une voix forte :

– Ho, Duc !

LOVE

Le cours venait de s'achever et l'amphithéâtre se vidait lentement. Mme Seligman, professeur de civilisation américaine à l'université de Saint-Étienne, adressa un signe de la main à l'étudiante blonde et mince qui s'attardait au premier rang.

– Mademoiselle, s'il vous plaît.

Angélique s'approcha. Avec ses lunettes, son manteau boutonné jusqu'en haut et son cartable bien fermé et tombant au bout de son bras, elle ressemblait à une petite lycéenne.

– Oui, madame ?

– Avez-vous jamais pensé à demander un poste d'assistante en Angleterre ou aux États-Unis ?

– Non, répondit Angélique, prise au dépourvu.

– Ça vous ferait le plus grand bien, je pense. Vous êtes une bonne étudiante, mais un peu trop timide ; est-ce que vous vous en rendez compte ?

– Oui, reconnut Angélique. Je manque de confiance en moi, surtout à l'oral.

– En effet, et cela vous nuit. Regardez l'exposé que vous venez de faire devant vos camarades sur le renouveau charismatique aux États-Unis. Il était excellent, bien argumenté, et l'expression était remarquable, mais on aurait dit que vous vouliez le garder pour vous. Il fallait tendre l'oreille pour vous entendre. Vous avez à peine levé le nez de vos notes. C'est dommage, vous ne pensez pas ?

Elle lui parlait avec douceur et bienveillance, tout en rangeant ses documents dans son cartable de cuir.

– Je sais que vous avez traversé des épreuves difficiles, continua-t-elle à voix plus basse, bien que l'amphithéâtre fût maintenant désert. Moi aussi, j'ai perdu ma mère très tôt, et de façon brutale. J'avais quatorze ans et, à compter de ce jour, je me suis attendue au pire à chaque instant, comme si c'était la norme. J'ai mis vingt ans avant de comprendre que ce n'était pas vrai, que la vie réservait de bonnes surprises, que le pire n'était pas certain. Vingt ans de perdus.

Angélique baissa la tête pour cacher son émotion. Mme Seligman était pour elle beaucoup plus qu'un professeur. Cette femme, qui avait l'âge d'être sa mère, l'avait prise en affection dès la rentrée et n'avait pas cessé de l'encourager dans ses efforts. Angélique le lui rendait en travaillant d'arrache-pied.

– Pardonnez-moi, je ne suis pas psychologue,

poursuivit-elle, mais j'ai l'impression que vous cherchez à vous protéger de tout. Est-ce que je me trompe?

– Non, répondit Angélique, en se maudissant de rougir une fois de plus, vous avez raison.

– Nous sommes d'accord, conclut Mme Seligman. Eh bien, je suis convaincue qu'une année à l'étranger pourrait vous apporter beaucoup. Vous y gagneriez de l'assurance et de la confiance en vous. Pensez-y.

Pour Angélique, un conseil de Mme Seligman était un commandement de Dieu. Elle effectua sans attendre les démarches nécessaires, et elle obtint aisément un poste d'assistante de français pour la rentrée suivante. Son affectation serait une *secondary school* de Hull, dans l'East Yorkshire, en Angleterre. Un coup d'œil sur la carte lui apprit que cette ville portuaire se trouvait à trois heures au nord de Londres.

Dès qu'elle sut, elle alla voir Mme Seligman pour lui annoncer la nouvelle.

– Magnifique, dit celle-ci, je suis persuadée que vous ferez une belle expérience là-bas. Ne vous recroquevillez pas, surtout. Faites-vous des amis. Bougez. N'hésitez pas à vous frotter à la vraie vie.

Puis, comme Angélique s'éloignait, elle la rappela:

– Mademoiselle, j'y pense: si vous avez envie de m'écrire pendant votre séjour, je serais heureuse de savoir comment ça se passe. Tenez, voici mon adresse personnelle.

– Je vous écrirai, promit Angélique.

Elle n'avait guère quitté sa province jusque-là, et son émotion fut grande quand, à la fin de l'été, elle se rendit à Lyon, chargée de deux valises ventrues, pour y prendre le car qui l'emmènerait en Angleterre. Elle roula toute la nuit. Elle dormit très mal à cause de l'inconfort de sa position assise et des cinquante billets de cent francs fourrés sous une bande Velpeau qui lui ceinturait l'abdomen. Elle les avait gagnés pendant le mois de juillet en relevant les compteurs d'EDF. Le premier salaire de sa vie. Et un bon boulot. Sauf quand les chiens l'empêchaient de descendre de sa 4 L bleue, dans les fermes.

À la gare Victoria, elle mangea ce qui lui restait de son casse-croûte emporté de France : un sandwich au saucisson et une pomme. Quand elle les eut entièrement avalés, elle entendit qu'on ne parlait plus qu'anglais autour d'elle. Alors elle se dit qu'elle était loin de son pays, seule, et que c'était pour longtemps.

Elle attendit trois heures, assise sur une de ses valises, avant de monter dans un autre car. Le trajet dura plus longtemps que prévu, si bien qu'il faisait nuit quand elle arriva à la gare routière de Hull, après un voyage d'une durée totale de vingt-sept heures et trente minutes.

– *You're late, love.*

Ce furent les premiers mots que lui adressa Miss Dykes, sa logeuse, qui battait la semelle sur le quai.

– *I'm sorry*, répondit-elle, et elle entreprit d'expliquer que ce n'était pas sa faute, mais la femme la fit taire d'un geste et l'entraîna vers une Ford Fiesta poussiéreuse, dont l'aile gauche était enfoncée.

C'était une personne d'une cinquantaine d'années, trapue, rude et masculine. Elle portait un manteau usé, des cheveux ras et drus comme les poils d'une brosse à chaussures. En conduisant, elle reniflait bruyamment et elle se gratta plusieurs fois l'entrejambe, comme un homme. Angélique regarda les courtes mains rouges posées sur le volant, la croûte de sang séché sur le dos du pouce, résultat d'une blessure récente, les ongles rongés, et elle se demanda si elle parviendrait à aimer cette femme.

La conversation tourna court pour la bonne raison qu'Angélique comprenait à peine le quart de ce que lui disait Miss Dykes, au point qu'elle se demanda un instant quelle langue elle parlait. Mais le doute n'était pas permis : il s'agissait bien de l'anglais, cette langue qu'elle apprenait avec passion depuis des années. Une légère inquiétude la saisit.

La maison de brique se dressait toute seule, au bout de la rue, dans un quartier pauvre du nord-ouest de la ville. Angélique la trouva un peu sinistre, mais peut-être était-ce dû seulement à la nuit et au brouillard qui enveloppait tout de sa ouate grise.

Miss Dykes arrêta sa voiture devant la grille, ouvrit le coffre, empoigna les deux valises et les souleva comme si elles étaient vides. Angélique la suivit au pas de charge dans l'allée, sur le perron puis dans l'escalier qui montait à l'étage. En le gravissant, elle fut impressionnée par l'énorme postérieur qui formait un bloc compact devant elle, par le dos surpuissant, le cou de taureau. « Cette femme pourrait jouer pilier de rugby dans l'équipe d'Angleterre », se dit-elle.

La chambre était vétuste mais propre et bien équipée : un lit pour une personne, une armoire, une table de travail avec une lampe, une chaise, un poêle à charbon, une salle de bains. La fenêtre donnait à l'arrière, sur un jardin gazonné délimité par des murs de brique. Une cabane de bois en occupait l'angle.

– Est-ce que tu veux manger quelque chose ? demanda Miss Dykes, en joignant le geste à la parole pour être sûre d'être comprise.

Le sandwich était loin, mais Angélique déclara qu'elle n'avait pas faim.

– Alors, *good night, love,* dit la logeuse et elle regagna son rez-de-chaussée.

Angélique se demanda si *love* pouvait se traduire par « ma chérie » et pourquoi Miss Dykes l'appelait ainsi, alors qu'elles se connaissaient à peine. Puis elle procéda à une installation sommaire de sa chambre, et se laissa enfin tomber sur le lit, épuisée.

À la suite de quoi, elle pleura de rage en constatant que ses jambes gonflées par le voyage l'empêchaient d'ôter son jean. Elle dormit avec.

Le lendemain, qui était un dimanche, elles prirent ensemble un solide petit déjeuner anglais qu'Angélique avala avec voracité, puis Miss Dykes lui fit faire le tour de la maison. Il y avait dans la cabane du jardin un tas de charbon dans lequel Angélique pourrait puiser librement pour alimenter son poêle. Une pelle métallique à manche de bois y était plantée.

– Et voici ton cheval ! dit la logeuse en lui montrant une vieille bicyclette de femme appuyée au mur de planches. Si tu veux économiser sur le bus, prends-le.

Dans la cuisine, elle lui recommanda de se servir de tout, à volonté et *anytime*. Elle lui indiqua également qu'elle disposait du salon à sa guise, qu'elle pouvait prendre des douches et des bains sans limitation, qu'elle pouvait mettre sa musique à plein volume, inviter dans sa chambre qui elle voulait, quand elle voulait, aussi longtemps qu'elle voulait. L'important était qu'elle se sente bien, *OK love ?*

En fait, le mode d'emploi de Miss Dykes était établi sur trois bases simples : premièrement, cette femme se fichait éperdument de ce qu'on pouvait penser d'elle ; deuxièmement, elle laisserait à

Angélique une liberté absolue ; troisièmement, ce n'était pas une mauvaise personne.

En peu de temps, Angélique prit ses marques. Elle s'habitua vite à l'accent de la région. En semaine, elle s'abstenait de sortir, par économie. Elle se consacrait à son travail et à son apprentissage de l'anglais. Le week-end, en revanche, elle faisait des excursions en compagnie des autres assistantes françaises de la ville. Elles découvrirent ensemble la mer du Nord et Scarborough. Peu à peu montait en elle un délicieux sentiment de liberté et d'indépendance. « Comme j'ai bien fait de partir, pensait-elle. Merci, madame Seligman. »

Puis arriva cette fameuse nuit du mois d'octobre.

Le matin, elle s'était rendue à l'école à vélo, comme tous les jours. La distance à parcourir n'était que de quatre kilomètres, mais lorsqu'il fallait affronter de face la pluie cinglante et le vent, cela pouvait tourner au calvaire.

Une fois de plus, elle avait donc mis pied à terre et marché, les doigts serrés sur le guidon, frigorifiée, au bord des larmes. L'eau tambourinait sur son cartable fixé sur le porte-bagages et protégé par des épaisseurs de plastique. La journée ne s'était pas très bien passée non plus. Quelques-uns parmi ses élèves prenaient peu à peu l'ascendant sur elle. En particulier un groupe de garçons de quinze ou seize ans, bêtes comme leurs pieds. Au début, ils s'étaient tenus tranquilles, ils l'avaient observée, mais ils devenaient peu à peu désagréables, moqueurs et irrespectueux. Elle les soupçonnait de faire en anglais et sur son compte des plaisanteries sexuelles qui faisaient rire la classe et qu'elle seule ne comprenait pas.

Elle quitta l'école à seize heures, triste et vaguement humiliée. Par chance, le temps s'était amélioré et elle roula avec plaisir sous un rayon de soleil aussi charmant qu'inespéré. En chemin, elle s'arrêta devant la banque Barclays où elle avait ouvert un compte, à quelques hectomètres de chez elle. Elle appuya sa bicyclette contre le mur, fixa la chaîne antivol et entra. Il n'y avait que deux clients avant elle. Quand vint son tour, elle demanda deux cent cinquante livres sterling au guichet. Elle rangeait l'enveloppe dans son cartable, quand elle sentit le regard sur ses doigts. Il venait de l'autre côté de la vitre, ce regard. De l'extérieur. Elle eut tout juste le temps d'apercevoir l'homme avant qu'il ne s'esquive sur le trottoir. Jeune. Blouson de cuir râpé. Bonnet enfoncé sur les oreilles. Maigre. Et les deux petits yeux perçants dirigés sur les billets.

Au moment de se remettre en selle, elle le chercha dans les parages et ne le vit nulle part. Elle roula aussi calmement que possible pendant le reste du trajet, mais ne put s'empêcher d'éprouver du soulagement en arrivant chez elle. Elle mit pied à terre, tourna la clé dans la serrure de la grille, passa la grille, la repoussa derrière elle et contourna la maison par la droite. Miss Dykes était absente, comme l'indiquait l'emplacement vide de sa voiture, devant la maison. Elle travaillait comme manutentionnaire dans une grande surface et rentrait rarement avant dix-huit heures.

Angélique poussa sa bicyclette jusqu'à la cabane. Entra. La rangea à sa place contre la cloison de planches. Elle détachait son cartable du porte-bagages, quand elle entendit la grille grincer sur ses gonds. J'aurais dû refermer à clé, se dit-elle confusément, sans savoir à cet instant que le regret de ne pas l'avoir fait la poursuivrait toute sa vie.

Ils étaient deux, maintenant. Celui de la banque, avec son bonnet et son visage osseux de malade, et l'autre, plus gros et plus vieux, suant, avec un couteau dans sa main droite. Elle crut qu'elle allait défaillir.

– Donne l'argent! dit le gros, et il s'approcha d'elle, pointant la lame devant lui.

– Il est dans le cartable, dit l'autre, qui était resté à la porte pour surveiller.

De sa main libre, le gros arracha le cartable, qu'elle tenait encore contre elle, l'ouvrit, prit l'enveloppe et la lança à son comparse. Puis, au lieu de s'en aller, il empoigna Angélique par la nuque et l'embrassa goulûment sur la bouche. Il puait la sueur aigre et la crasse. Elle se débattit et cria en français:

– Non ! Arrêtez !

Cela ne fit que l'exciter davantage. Il lui enfonça la pointe de son couteau dans les côtes. À présent, il la tenait à bras-le-corps et se pressait contre elle.

Les deux hommes échangèrent quelques phrases dans un anglais incompréhensible et le jeune referma la porte de la cabane, les plongeant dans la pénombre. Sans doute n'était-ce pas leur projet et qu'ils n'avaient pas eu d'autre intention que le vol, mais comment résister à la tentation maintenant, à ce supplément inattendu : un coin tranquille, loin des regards, une femme à leur merci, une étrangère en plus, un peu maigrelette mais plutôt jolie.

Le gros passa derrière elle, la ceintura, et se laissa tomber en arrière, l'entraînant avec lui dans sa chute. Elle hurla.

– Tais-toi ! cracha-t-il en lui mettant la lame sur le côté de la gorge.

Elle se tut. Ils étaient sur le dos, à présent, lui dessous, elle dessus, rivés l'un à l'autre. Le jeune au bonnet s'avança, se jeta sur elle et entreprit de lui descendre son jean. Elle lui donna des coups de genou. Il la gifla. Le gros appuya sur la lame.

– Tu vas te calmer, oui !

Ils avaient l'air de savoir s'y prendre, la méthode était visiblement éprouvée et la répartition des rôles bien établie : l'un tient, tandis que l'autre… Et puis l'inverse sans doute.

Quand elle vit apparaître ses propres jambes, nues et blanches, elle se sentit misérable et se mit à pleurer bruyamment. Rien ni personne ne pouvait plus lui épargner la pire de toutes les épreuves. Pourquoi ? se demanda-t-elle. Qu'est-ce que j'ai fait de mal ?

Le jeune se releva pour ôter plus facilement son pantalon. Elle ferma les yeux pour ne pas le voir s'exhiber. Elle le sentit s'agenouiller entre ses jambes pour l'obliger à s'ouvrir. Elle hurla encore et y gagna quelques millimètres de lame dans la gorge.

– Tais-toi, salope !

Alors, la porte de la cabane s'ouvrit et Miss Dykes entra. Elle resta une demi-seconde interdite devant ce qu'elle avait là, sous les yeux. Lorsqu'elle eut admis que c'était la réalité, elle se mit en action, et ce fut inexorable. Elle s'empara de la pelle à charbon, fit les quelques pas qui la séparaient du violeur, brandit haut l'outil métallique et le lui abattit sur la tête. Il y eut un dégoûtant bruit d'os cassé. Le type, qui s'était à demi redressé, retomba à quatre pattes sous l'impact. Elle botta ses maigres et ridicules fesses nues et cogna une seconde fois, puis une troisième, puis encore et encore, toujours à la tête, en l'agonisant d'injures dont la plus douce était « fils de pute ».

Le gros avait lâché Angélique, et il se tenait maintenant dans l'angle de la cabane, pointant son couteau dérisoire en direction de la furie déchaînée qu'était devenue Miss Dykes.

– Arrêtez ! criait-il. Arrêtez ! Vous allez le tuer, merde !

Mais il était trop lâche pour secourir son ami, et quand elle se retourna vers lui pour s'occuper de son cas, il fonça vers la porte. Elle l'attrapa au vol et lui broya la main d'un coup de pelle. Le couteau vola. Malgré la douleur, l'homme prit le temps de le ramasser de l'autre main, il jura et s'enfuit en se tenant le poignet. Miss Dykes le poursuivit jusque dans la cour, lui lança la pelle dans le dos, sans doute, puis revint dans la cabane.

Angélique s'était relevée, elle avait remonté son jean, mais elle tremblait sur ses jambes.

– *T'was a close shave, love!* dit Miss Dikes, et elle la prit dans ses bras.

Pendant toutes ses années d'études, on avait enseigné à Angélique que la meilleure façon de mémoriser une expression idiomatique dans une langue étrangère, c'était de l'apprendre en situation. Et plus cette situation possédait de charge émotionnelle, plus la fixation était solide. *T'was a close shave, love!* « C'est passé près, ma chérie ! » Elle s'en souvint toute sa vie.

Elle sanglota longtemps contre la poitrine d'homme de sa logeuse, qui se contenta de lui chuchoter des : « Ça va aller… c'est fini… tout va bien ma belle… »

Puis elles considérèrent l'homme à leurs pieds.

Il gisait sur le côté, le pantalon sur les cuisses, grotesque. Même sous le bonnet, le crâne semblait cabossé et les cheveux noirs qui dépassaient étaient poisseux de sang. Les yeux ouverts exprimaient une certaine surprise, et surtout ils disaient : « Je suis mort. » Miss Dykes s'accroupit et passa la main dessus pour fermer les paupières.

– Il a mon argent, se rappela Angélique, et elle récupéra son enveloppe dans la poche intérieure du blouson, en évitant de regarder le visage.

Miss Dykes prit sur une étagère une couverture qu'elle jeta sur le corps, puis elle entraîna Angélique hors de la cabane.

Les deux femmes passèrent ensemble ce qui restait de l'après-midi dans la cuisine. Angélique, sous le choc, aurait voulu appeler la police. Miss Dykes n'y voyait que des inconvénients.

– Je l'ai tué, tu comprends ça ?

– Oui, mais c'était pour me défendre.

– Pour se défendre on donne un coup ou deux. Moi, je l'ai écrabouillé, ce type. Comment j'irai expliquer ça devant le tribunal ?

Elle n'avait pas tort. Mais que faire alors ?

– Et il y a l'autre, argumentait Angélique. Il a tout vu.

– L'autre sait ce qu'ils étaient en train de faire. Il ne parlera pas.

Soit.

– Au fait, demanda ensuite Miss Dykes, est-ce qu'il a eu le temps de...

– Non, il ne m'a rien fait. Vous êtes arrivée à temps. Merci. Merci.

Comme elle disait ces mercis, les sanglots recommencèrent.

– Va prendre un bain. Mets ta musique préférée, bien fort, et pour le reste, on verra ce soir.

Bien plus tard, dans la nuit, Miss Dykes vint frapper à la porte de la chambre d'Angélique.

– J'ai pensé que tu ne dormais pas. Est-ce que tu veux venir m'aider ? Tu n'es pas obligée.

– Je viens.

– Comme tu veux.

Miss Dykes appelait ça son jardin, mais en réalité ce n'était qu'un simple rectangle gazonné, coincé entre l'arrière de la maison et le terrain des voisins, et dont elle ne faisait rien. La lune faiblarde éclairait l'ensemble de sa lumière blanche.

C'est là que les deux femmes entreprirent d'enterrer l'homme de la cabane. Miss Dykes l'avait sommairement mesuré et elle traça du tranchant de sa bêche la dimension du trou à creuser : tout juste la taille d'un cercueil. Elles se mirent à l'ouvrage, chacune à un bout. Angélique, plus habile à manier le *present perfect* que le manche d'une pelle, eut très vite les doigts truffés d'ampoules.

– Laisse tomber, lui dit Miss Dykes, déjà dégoulinante de sueur. Et va plutôt me chercher des bières.

Toutes deux chuchotaient, par prudence, et le bruit de la bêche qui s'enfonçait dans la terre meuble – elle l'est souvent en Angleterre – ne risquait d'alerter personne. Angélique revint avec trois bières fraîches et le décapsuleur.

– Le trou est peut-être assez profond ? suggéra-t-elle au moment où sa logeuse attaquait sa deuxième Lager.

– J'ai pas envie de retrouver le gros orteil à ce type dans le panier de ma tondeuse à gazon au printemps, répliqua-t-elle en redoublant d'efforts.

Elle creusa si bien qu'elles purent bientôt passer à ce qu'Angélique appréhendait terriblement, mais elle ne pouvait pas abandonner Miss Dykes.

– Viens, fit celle-ci, en posant sa bêche.

Il n'y avait pas d'éclairage dans la cabane. Elles tâtonnèrent un peu pour trouver le corps, l'attraper par les bras et le tirer à reculons vers l'extérieur. Tandis qu'elle le traînait ainsi jusqu'à sa dernière demeure, comme on dit, Angélique se fit la réflexion qu'elle ne trouvait pas cela si extravagant. Depuis l'attaque dans la cabane, elle avait pour ainsi dire basculé dans un autre monde, qui avait sa logique interne. Elle se dit aussi qu'elle se sentait heureuse d'agir.

Elles allongèrent l'homme dans sa loge de terre. Miss Dykes lui recouvrit le visage d'un linge.

– Comment s'appelait-il ? demanda-t-elle en empoignant de nouveau la bêche.

– Je ne sais pas. Comment je le saurais ?

– Tu aurais pu entendre l'autre l'appeler par son nom.

– Non, je ne m'en souviens pas.

– Bon, on l'appellera Bob. Ça te va ?

– Oui.

Elle se recueillit trois secondes devant la dépouille, puis :

– Désolée, Bob. Repose en paix.

Et elle commença à pelleter pour combler le trou. Angélique s'empara de la seconde bêche et l'aida. Quand ce fut fini, elles piétinèrent l'emplacement autant qu'elles le purent, le tassèrent, et elles dispersèrent alentour le résidu de terre.

– On rentre, dit Miss Dykes. C'est fini.

Dans la cuisine, elles burent chacune deux brandys, debout, sans se parler. Puis Angélique voulut monter pour essayer de dormir.

– Bonne nuit, Miss Dykes, dit-elle.

– Laisse tomber tes « Miss Dykes », répondit la logeuse. Ça m'énerve. *Call me Pam.*

– *Good night, Pam,* se corrigea Angélique.

– *Good night, love.*

Le lendemain à huit heures trente, Angélique était devant sa première classe de la journée, la mine un peu chiffonnée. Un des garçons qui l'exaspéraient lui demanda si elle avait fait la fête toute la nuit pour avoir cette tête. Elle l'ignora, mais un peu plus tard, comme il se tenait avachi sur sa chaise, elle se tourna vers lui :

– Tiens-toi droit, s'il te plaît.

Il ne bougea pas et marmonna dans sa barbe une plaisanterie graveleuse qui jouait avec le « se tenir droit ». Les autres s'esclaffèrent. Alors, elle le regarda dans les yeux et lui dit en anglais :

– Écoute-moi, mon garçon. J'ai parfaitement compris ta pauvre blague. Parce qu'il se trouve que j'ai appris ta langue, figure-toi. Alors que toi tu es incapable d'apprendre la mienne, j'ai l'impression. J'ai compris ce que tu as dit aujourd'hui et aussi ce que tu as dit les autres jours. Alors tu vas prendre tes affaires et aller t'installer au fond la classe. Et je ne veux plus entendre ta voix. Elle est désagréable à mes oreilles. Sinon, j'aviserai immédiatement le proviseur et je demanderai ton renvoi définitif pour propos obscènes adressés à un professeur. Est-ce que tu as saisi ? Je veux entendre ta réponse.

Elle avait parlé d'une voix précise, tendue, sans faire aucune faute, ni de grammaire ni de vocabulaire. Jusqu'à ce jour, elle n'avait pas prononcé plus de quatre mots en anglais devant ses élèves, respectant en cela les consignes qui lui avaient été données : en classe de français, on parle français. Si bien que ces jeunes gens avaient fini par croire que leur assistante parlait tout juste leur langue, et leur stupéfaction fut grande de l'entendre s'exprimer si bien.

L'élève accusé bredouilla une réponse indistincte.

– Je n'ai pas compris, lui lança-t-elle. Tu bafouilles dans ta propre langue ? Et elle répéta sa question : Est-ce que tu as saisi ?

– Oui, répondit le garçon.

Puis il rassembla ses affaires et alla s'installer sur une chaise libre au dernier rang.

– Ceci vaut, bien entendu, pour tous les autres, n'est-ce pas ? conclut-elle avant de reprendre en français et avec le sourire : Bien, où en étions-nous restés ?

Le même soir, il lui vint à l'esprit qu'après plus d'un mois d'Angleterre elle n'avait toujours pas écrit à Mme Seligman. Elle resta longtemps debout à la fenêtre de sa chambre, à observer l'étroit rectangle de terre remuée que Miss Dykes avait recouvert de feuilles d'automne. Puis elle s'assit à son bureau.

Chère madame Seligman,

Voici les nouvelles promises. Mon cadre de vie d'abord : je suis installée au premier étage de la maison de Miss Dykes, ma logeuse. Ma chambre donne sur un petit jardin très calme, à l'arrière…

Suivait un long développement sur le quotidien de sa vie, chez elle et à l'extérieur, avec ses amies assistantes. Elle évoqua leurs sorties hebdomadaires. Elle parla de l'école, de ses difficultés du début et de l'assurance qui lui venait peu à peu. Et elle conclut ainsi :

Vous aviez raison. Je fais ici des choses que je n'aurais jamais osées en France. Et j'y trouve du plaisir. Il faut dire que j'y suis bien entraînée par Miss Dykes, qui est une personne énergique. Elle n'a pas froid aux yeux, et avec elle on se surprend à aller plus loin qu'on aurait cru pouvoir le faire. En tout cas, je vous remercie une fois de plus d'avoir su me donner l'occasion de vivre tout cela.

Bientôt d'autres nouvelles. Recevez mon bonjour et ma reconnaissance.

Angélique.

Elle alla passer les fêtes de Noël en France, et beaucoup de gens lui firent remarquer qu'elle s'était affirmée. Son oncle déclara qu'Angélique avait pris « du poil de la bête ».

L'hiver à Hull aurait pu lui sembler morose, avec la nuit qui descendait à dix-sept heures et l'humidité omniprésente, mais elle tint le coup. Elle ne tomba jamais malade ; elle se fit des amis parmi ses collègues anglais ; elle améliora son vocabulaire, son accent, sa fluidité dans la langue ; sa bonne entente avec Miss Dykes se confirma.

Après l'enterrement de celui qu'elles avaient appelé Bob, Angélique était restée en alerte, persuadée que l'autre, le complice, reviendrait. Elle avait pris l'habitude de regarder autour d'elle à tout moment, en ville, dans les magasins, au sport.

Elle avait même renoncé à la bicyclette pendant un temps, de peur qu'il ne l'agresse sur le chemin. Mais le temps avait passé, le gros homme n'était jamais réapparu, et elle avait fini par penser qu'elle était définitivement hors de danger.

Or, voilà qu'avec le printemps il lui revint cette inquiétude irrationnelle, ce malaise... Elle se sentit observée, suivie. Cela dura des semaines, jusqu'à cet après-midi du mois d'avril, où elle le revit. Sans doute avait-il observé que Miss Dykes était absente ce jour-là.

Angélique était dans la cuisine, à préparer un thé. Quand elle se retourna pour l'emporter avec elle dans sa chambre, il était à la porte. Elle fut saisie par l'odeur, la même exactement que six mois plus tôt : une odeur de crasse, aigrelette et puissante. L'odeur de la mort. Elle avait eu tout le temps de la mémoriser lorsqu'il l'avait tenue collée contre lui, contre son gros corps obscène et puant.

Il s'avança vers elle, le couteau en avant.

– Toute seule ? demanda-t-il, narquois et en la déshabillant déjà du regard.

Elle vit sa convoitise et sa détermination. Ce sera lui ou moi, pensa-t-elle.

– Où il est ? demanda l'homme.

– Qui ? répondit-elle.

– Tu sais de qui je parle, salope. Où il est ?

Devant son air haineux, elle choisit de gagner du temps :

– Il est dans le jardin. Vous voulez que je vous montre ?

Il eut l'air perplexe.

Je vais vous montrer, reprit-elle, et elle s'engagea entre lui et le buffet.

Le gros rouleau à pâtisserie en bois de Miss Dykes aurait dû être rangé dans le tiroir habituel, mais pour une fois il n'y était pas. Il était posé là, en attente de son destin, avec ses deux poignées fixes, et la masse de son cylindre mobile. Il tomba naturellement sous la main droite d'Angélique, et le mouvement qu'elle fit pour l'abattre sur la tempe du gros homme se fit dans la continuité. Il n'esquissa pas un geste de défense. Il lâcha son couteau et la regarda, stupéfait. Alors, elle lui donna le second coup, du même côté. Il fut pris de convulsions et s'affaissa sur le carrelage. Elle reprit son thé qu'elle avait abandonné sur la table et monta dans sa chambre. Miss Dykes serait de retour dans moins d'une heure.

Elles enterrèrent le gros homme la nuit suivante, juste à côté de son complice. Compte tenu de sa corpulence, il fallut faire un trou plus large et plus profond que le premier. Miss Dykes but trois bières pendant l'inhumation, et Angélique, qui s'y était mise, deux. Sur la tombe voisine, l'herbe avait déjà bien repoussé. Elle repousserait sur celle-ci avant l'été. C'est comme ça en Angleterre.

Chère madame Seligman,

Cette petite carte postale de Haworth, où je visite la maison des sœurs Brontë en compagnie de mes amies assistantes. C'est le printemps ici, on voit des crocus qui fleurissent partout, et contrairement à ce que beaucoup pensent, à tort, l'Angleterre a quelque chose de joyeux en cette saison. De joyeux et de léger. Mon séjour tire déjà à sa fin, alors, au cas où ce serait mon dernier courrier avant mon retour en France, je tiens à vous dire une fois de plus : merci. Vous aviez raison, le pire n'est jamais certain. Recevez mon bonjour et ma reconnaissance.

Angélique.

Revenue en France, Angélique poursuivit brillamment ses études, et elle obtint sa licence d'anglais avec des notes excellentes, tant à l'écrit qu'à l'oral. Elle entreprit alors d'écrire une maîtrise, et cela l'amena à passer de longues heures à la bibliothèque universitaire. Elle y travaillait de façon plus concentrée que chez elle, et elle y disposait de toute la documentation nécessaire.

Une fin d'après-midi, c'était l'automne, elle s'accorda un peu de détente et se mit à feuilleter un magazine anglais. Elle tomba sur un article intitulé : « La jardinière de Hull ». La photo montrait Miss Dykes qui se dirigeait vers une voiture, menottée et encadrée de deux officiers de police. Elle était de trois quarts dos et jetait un regard furtif vers l'objectif. Angélique reconnut la maison de brique, la rue et l'éternel manteau usé de sa logeuse.

Selon l'article, une enquête avait été menée à la suite de plusieurs disparitions inexpliquées survenues dans la région et elle avait conduit à une découverte bien macabre. Miss Pamela Dykes, cinquante-sept ans, célibataire, manutentionnaire dans une grande surface, avait enterré pas moins de sept corps dans son petit jardin. Selon ses confidences, sa première victime remontait à une trentaine d'années. Les autres avaient suivi sans régularité. Elle avait subi des violences sexuelles lorsqu'elle était adolescente et elle avait « un compte à régler » avec les violeurs de toutes espèces. Oui, c'était une sorte de mission qu'elle s'était donnée. Oui, elle avait agi seule dans tous les cas. Non, elle n'éprouvait pas de remords particulier.

La bibliothécaire annonça qu'il était l'heure de libérer la salle de lecture. Avant de refermer le magazine, Angélique croisa le regard de Miss Dykes, sur la photo. Comme elle se levait de sa chaise, elle entendit la voix grave et rassurante de sa logeuse :

– *Take care, love.*

OUESSANT

Notre père était tâcheron.

Tâcheron, c'était se faire embaucher, à la journée ou plus longtemps, pour débroussailler un talus, assainir un fossé, charrier des gravats, curer une fosse à purin, enfin toutes ces tâches rebutantes dont on revient sale, parfois dégoûtant et toujours rompu de fatigue.

Notre mère disait que c'était « provisoire », qu'il allait bientôt trouver un autre travail, mais ce provisoire a duré toute notre enfance.

À l'école, nous devions dire qu'il était « journalier » ou, encore mieux, « ouvrier agricole ». En réalité, il prenait tout ce qu'on lui proposait. Parfois il restait une semaine sans rien à faire. Puis il travaillait deux ou trois journées d'affilée la semaine suivante. Nos camarades nous lançaient :

– Hé ! ton père est venu chez moi, hier ! Il a débouché les toilettes.

Il pouvait aussi débarrasser une cave de ses planches moisies, vider un grenier, pelleter de la terre ou décaper une grille rouillée. Aussi longtemps que j'ai été petit, entre quatre et sept ans, disons, j'ai été fier que mon père sache tout faire et qu'il aille chez les gens pour les aider. Ensuite cela m'a été égal. Puis, alors que j'avais dix ans, une fille de ma classe m'a glissé à l'oreille en passant près de moi :

– Ton père n'est pas bon à tout. Il est bon à rien. C'est mon père qui l'a dit.

Je ne lui avais rien demandé. Je ne sais pas pourquoi elle m'a dit ça, sinon pour me blesser. Il se trouve malheureusement que c'était la fille dont j'étais amoureux en secret. Son père était huissier de justice. Elle était la plus jolie de l'école. Elle s'appelait Carole, prénom très rare à cette époque, et très envoûtant à mes oreilles. Chaque fois que nos regards se croisaient, mon cœur faisait des bonds. J'aurais dû la détester à partir de cet instant-là, mais ce n'est pas aussi simple. J'ai continué à être amoureux d'elle et j'ai commencé à comprendre : mon père avait un métier dégradant aux yeux de beaucoup. Et j'ai commencé à avoir honte de lui. Honte de ses habits de travail, honte de sa vieille camionnette déglinguée, honte de sa façon de parler.

Et pourtant je l'aimais. Il était un bon père, drôle et affectueux. J'aurais seulement aimé qu'il ne sorte plus de la maison. Qu'il ne se montre plus. Ou bien que les gens sachent ce qu'il valait vraiment et ne puissent plus se moquer de lui.

Il rentrait le soir tantôt puant les égouts, tantôt couvert de poussière et de toiles d'araignées, tantôt trempé de la tête aux pieds. Il quittait dans le garage sa combinaison de travail, que ma mère mettait aussitôt dans la machine à laver ; il allait faire sa toilette et il nous rejoignait habillé de frais, parfumé d'eau de Cologne. Il nous embrassait et disait :

– Alors mes enfants, qu'est-ce que vous avez appris de beau à l'école ?

Il tenait à ce que nous travaillions bien, et nous faisions notre maximum. J'ai toujours été un bon élève à l'école communale. Et ma sœur, qui avait deux ans de plus que moi, aussi.

Notre mère était couturière. Quand je repense à elle dans ces années-là, je la revois soudée à sa machine à coudre Singer, le pied droit activant la pédale. Elle ne s'en levait que pour s'occuper de nous ou préparer les repas. Elle gagnait plus que lui, mais leurs deux salaires ajoutés n'allaient pas chercher bien loin.

Et puis est arrivé ce soir-là où notre père nous a annoncé, à la fin du dîner, que nous allions... partir en vacances.

– Partir en vacances... en vrai ? a demandé ma sœur.

C'était difficile à concevoir. Nous pensions que les vacances étaient réservées aux autres familles.

– Oui, en vrai, a rigolé notre père, et nous allons aller… nous allons aller…

Il a laissé à notre mère le plaisir de terminer sa phrase :

– Nous allons aller sur l'île d'Ouessant, en Bretagne.

J'ai su plus tard qu'il avait choisi sur la carte de France l'île la plus lointaine, la plus occidentale, la plus sauvage aussi, celle après laquelle il n'y a plus que de l'eau salée jusqu'en Amérique. Il avait toujours rêvé de l'Océan et des îles bretonnes et n'y était jamais allé, pas plus qu'à la mer, d'ailleurs, à quarante ans passés. Il avait fini, à l'usure, par convaincre ma mère, plus raisonnable, que s'ils devaient un jour casser leur tirelire et partir une fois, une seule, avec nous leurs enfants, il fallait que ce soit là et nulle part ailleurs : sur Ouessant. Ce seraient les vacances de notre vie commune, un souvenir unique et inoubliable.

Ouessant était une destination coûteuse, bien au-dessus de nos moyens, mais il n'en démordait pas et les résistances de notre mère avaient sauté les unes après les autres.

– Comment on va y aller ? j'ai demandé.

– Mais avec ma camionnette ! a répondu notre père.

– Et combien de temps on va y rester ?

– Une semaine.

Nous avons déplié la carte Michelin sur la table

de la cuisine, et nous avons découvert ce coin de terre situé au bout du nez de la France, là où « finit la terre » et même plus loin. Je me souviens d'avoir éprouvé un immense bonheur à l'idée d'y partir avec les trois personnes que j'aimais le plus au monde.

Nous avons mis deux jours pour traverser la France dans notre camionnette 203 Peugeot nettoyée de fond en comble. Notre père avait arrangé deux sièges à l'arrière et nous avons voyagé côte à côte, ma sœur et moi, soûlés d'air, de bruit et de fumée d'échappement. Le soir, nous nous sommes garés sur un chemin à l'écart de la route, notre père a tendu la bâche sur la caisse et nous avons dormi tous les quatre dessous.

Arrivés à Brest, le lendemain après-midi, sous un crachin pénétrant, nous avons laissé notre camionnette sur un parking et sommes montés à la queue leu leu sur le bateau de la compagnie maritime SMD. Malgré le temps de chien, nous sommes restés sur le pont pendant toute la traversée, assis sur un banc, encapuchonnés et serrés les uns contre les autres dans les quatre imperméables jaunes et identiques que nous avions achetés pour l'occasion. Nous avons reçu des paquets d'eau froide et hurlé de rire, même notre mère, d'ordinaire assez délicate, mais pour rien au monde nous ne serions rentrés dans la cabine du ferry.

Au port d'Ouessant, un taxi nous a pris et amenés à notre location. C'était une petite maison isolée, au toit en ardoise et aux murs de pierres blanches. Nos parents avaient leur chambre et nous la nôtre. Dès ce premier soir, nous avons marché jusqu'à la côte pour admirer le phare de la Jument.

D'après la carte, il y avait une crique tout près de notre location, sur la côte sud. Nous y sommes allés tôt, le lendemain matin, en suivant un sentier qui serpentait dans la bruyère. Le ciel était lourd de nuages, mais il ne pleuvait pas. Notre père marchait à grandes enjambées, cinq mètres devant nous et chargé d'outils : bêche, pelle, râteau et truelles de maçon. Des moutons, alertés par son raffut, le regardaient passer de loin avec des yeux exorbités.

Au détour d'un virage, nous avons découvert l'Océan et la plage déserte, en contrebas. Elle formait un triangle régulier dont la pointe baignait dans l'eau grise. Nous y sommes descendus à la course, ma sœur et moi, en poussant des cris d'Indiens.

Ma mère s'est installée sur un pliant pour lire. Nous avons mis nos maillots de bain en nous tortillant dans nos serviettes, et mon père son short.

C'est alors qu'à notre stupéfaction nous avons vu arriver Carole, son père et sa mère. Le père était un gros homme avec les cheveux courts et en brosse. La mère mince et pâle.

C'était un pur hasard : même île, même plage,

même jour. À six cents kilomètres de chez nous. Nous nous sommes salués, amusés par la coïncidence, mais un peu gênés aussi je crois, parce que nous n'étions pas amis, parce que la plage était petite et qu'il allait falloir y cohabiter.

Ils se sont mis le plus loin possible de nous.

– Vous me donnez un coup de main, les enfants ? a demandé notre père.

– Pour faire le château ?

– Oui.

Il nous avait parlé plusieurs fois de ce château qu'il allait construire et dont on lui « dirait des nouvelles ». Nous avons d'abord érigé, à bonne distance de l'eau, une colline de sable de un mètre de haut. Notre travail, à nous les enfants, tandis qu'il pelletait, était d'en tasser et d'en aplanir la cime, de façon à constituer un plateau horizontal et régulier. Ce n'était pas très passionnant, mais notre père nous exhortait :

– Courage ! La suite sera plus drôle !

Il avait raison. Vers dix heures du matin, ma sœur et moi avons commencé à creuser les douves. Le sable, humide à souhait, crissait et se fendait droit sous nos truelles.

– Plus profond ! Plus profond ! criait notre père. N'ayez pas peur d'aller très profond !

Lui tranchait à coups de bêche précis les à-pics des murailles de notre château. La plus haute mesurait déjà un mètre cinquante.

Carole et ses parents nous ignoraient, occupés d'abord à installer leur campement sophistiqué puis à ramasser des coquillages, les pieds dans l'eau.

Peu après, une autre famille est arrivée. Les parents se sont installés près de nous. Les deux enfants, de notre âge environ, se sont approchés, timides.

– On peut vous aider ? a demandé le garçon.

– Bien sûr ! avons-nous répondu, et ils se sont agenouillés pour creuser avec leurs petites pelles en plastique, plus élégantes que nos truelles, mais bien moins efficaces.

Leur père s'est inquiété :

– Ils ne vous dérangent pas, au moins ?

– Au contraire, a dit le nôtre, nous avons besoin de bras !

– Si c'est comme ça, a dit le type, qui avait l'air très gentil, je veux bien participer. Qu'est-ce que je peux faire ?

Un ruisseau d'eau douce, descendu des hauteurs, se frayait un maigre passage dans le sable, sur un côté de la plage.

– Il faudrait le détourner et l'amener ici, a dit notre père.

Le type nous a emprunté une pelle et s'y est mis.

Vers onze heures, six autres personnes, dont une dame qui, on l'a su plus tard, travaillait « à la police », se sont ajoutées à notre équipe. Notre père dirigeait les travaux avec courtoisie mais fermeté :

– Tenez, disait-il à la policière, prenez le râteau et aménagez un grand rectangle côté ouest. Ce sera le parc. Délimitez-le avec un muret de sable de vingt centimètres environ, avec le dessus en arrondi.

« Vous, continuait-il en s'adressant au mari, construisez deux collines, au nord. On y installera les tours de guet.

Lui-même continuait à tailler, creuser, lisser dans le bloc central, et peu à peu apparurent des tours, des créneaux, des escaliers, des fenêtres. Plusieurs ponts furent construits au-dessus des douves par un monsieur à lunettes très maigre et très méticuleux.

De nouveaux arrivants rejoignirent notre chantier et, avant midi, je pense que nous avions embauché une quarantaine de personnes, enfants compris j'entends. Il ne manquait que Carole et ses parents, qui faisaient semblant de ne pas voir.

– On fait une pause ! a ordonné notre père. Nous reprendrons à quatorze heures. Merci à tous.

Les familles se sont regroupées pour pique-niquer. Quelques-unes sont rentrées déjeuner à leur location, en promettant d'être de retour sans faute à la reprise du travail.

Dans l'après-midi, le chantier a pris une ampleur nouvelle : nous avons érigé une épaisse muraille autour du château ; plus loin un village entier avec son église ; un cimetière hérissé de cailloux plantés à la verticale pour figurer les pierres tombales ; un canal ; tout un réseau de routes et de chemins faits de galets plats ; des forêts d'algues luisantes coiffées comme des chevelures sur des bois flottés ; des collines plantées de végétaux que les enfants couraient chercher à toutes jambes ; des écuries ; des labyrinthes ; des jardins...

L'événement a surtout été le ralliement soudain de la famille de Carole.

– Ouh ! là, là ! a fait le père, comme s'il découvrait le chantier. On peut participer ?

– Bien sûr, a dit le nôtre, et il les a affectés aux écuries.

Les deux tiers de la plage furent bientôt investis par notre complexe architectural. Pour l'apprécier à sa juste valeur, il fallait remonter le sentier sur une vingtaine de mètres. De là, on surplombait l'ensemble et c'était très impressionnant. Notre père, sollicité par tous, conseillait avec calme, mais il ne cessait pas de travailler au château central, auquel lui seul avait accès.

Nous n'aurions jamais pensé, ma sœur et moi, qu'il fût capable de faire ce qu'il faisait. Les escaliers grimpaient en courbes élégantes, les fenêtres se découpaient avec précision. Sous ses doigts habiles naissaient des couloirs étroits, des cours intérieures, des terrasses, des dômes, des colonnes, des arcades, des jeux d'ombre et de lumière...

– C'est ton père ? m'a demandé une fille.

J'ai répondu oui.

– Il est architecte ?

J'ai dit que non et j'ai ajouté qu'il n'avait jamais construit de château de sable avant, que c'était le premier. Je revois encore l'admiration soulever ses sourcils.

Vers dix-huit heures, ceux qui avaient des appareils photo ont commencé à faire des clichés. Les familles ont posé les unes après les autres, devant les parcs, les jardins. Notre mère s'est avancée à son tour avec son appareil.

– Attends ! a dit notre père, et il a recueilli à fleur de plage le sable le plus sec, pour en saupoudrer les tours du château qui se mirent aussitôt à scintiller sous le soleil descendant.

La policière nous a photographiés. Ma sœur tient la main de mon père et moi celle de ma mère. Nous sourions tous les quatre à pleines dents. J'ai cette photo dans mon portefeuille depuis une quarantaine d'années.

La marée montante a d'abord détruit les écuries que des enfants avaient aménagées trop près de l'eau. Leurs chevaux de pierre disparurent, noyés, ainsi que les cavaliers. Ensuite les jardins furent inondés, puis les parcs.

Je m'attendais à ce que les gens s'en aillent parce qu'il était l'heure de dîner, mais ils n'ont pas bougé. Nous étions tous en ligne, soixante personnes au moins, je pense, et nous reculions pas à pas, à mesure que l'Océan gagnait.

Les adultes bavardaient, les mains derrière le dos. Quelques enfants rageurs ont mis leurs dernières forces à consolider la muraille.

Le village fut submergé vers dix-neuf heures et les vagues atteignirent la grande muraille quelques minutes plus tard. Elle résista vaillamment, mais dès que l'eau eut fait une brèche, tout alla très vite. Des pans entiers s'effondrèrent, entraînant dans leur chute les rangées de soldats-coquillages. Une petite fille jetait des poignées de sable à l'Océan en lui criant de reculer.

Puis le château lui-même fut pris d'assaut.

Nous sommes tous montés par le sentier pour assister d'en haut à l'engloutissement final, et je n'oublierai jamais ces minutes-là. Notre père nous tenait par les épaules, ma sœur et moi, et nous regardions l'Océan anéantir ce que nous avions construit, nous et nos cinquante ouvriers. Une fois les douves saturées, l'eau a sapé les murs des tours qui se sont affaissées une à une. Le donjon, dernier debout, s'est fendu sur toute sa hauteur, il a plié et il s'est écroulé.

À la toute fin, il n'est plus resté de notre gigantesque ouvrage qu'une petite bosse lisse et étincelante. Alors, dans le silence, quelqu'un a applaudi et les autres ont suivi. J'ai essayé en vain de croiser le regard de Carole. Ensuite, les gens s'en sont allés après avoir remercié notre père pour cette journée « exceptionnelle ».

Nous nous sommes retrouvés tous les quatre sur la plage, comme au matin, mais la mer n'était plus grise cette fois. Elle était d'un joli bleu turquoise.

– On y va, les enfants ? a dit notre père en chargeant les outils sur son épaule.

Et nous sommes rentrés à notre location.

Le lendemain, nous n'avons pas revu Carole et ses parents, mais en fin d'après-midi elle est venue frapper à notre porte pour nous inviter à boire l'apéritif chez eux. Il fallait venir « sans rien », c'était pour nous remercier du château et tout ça. En repartant elle m'a fait un sourire plein de promesses.

Une demi-heure plus tard, nous étions chez eux. C'était une maison bien plus grande que la nôtre et il y avait beaucoup d'invités, en tout vingt-cinq personnes peut-être, surtout des adultes.

C'était en réalité bien plus qu'un apéritif. Il y avait des tas de bonnes choses à manger, des huîtres, des crevettes à la mayonnaise, de petites quiches, des cacahuètes. Tous les gens se tenaient debout sur la terrasse, le verre à la main. J'étais un peu intimidé et je restais collé à ma sœur.

Et puis est arrivé ce moment terrible. Nous étions en cercle, une dizaine de personnes, dont Carole, ses parents, les miens, quelques autres adultes, et nous deux : ma sœur et moi. La conversation a couru sur l'île, la familiarité des uns et des autres avec elle, puis elle est passée à nous, les enfants. Moi d'abord. Quel âge j'avais, en quelle classe j'étais. Ces questions que les adultes posent dès qu'il s'agit d'enfants. J'ai répondu avec docilité.

Ensuite est venu le tour de ma sœur.

– Comment t'appelles-tu ? l'a interrogée une dame souriante.

Ma sœur, d'habitude très polie, l'a ignorée. Elle semblait ailleurs. Il y a eu un silence pesant, puis, tandis que ma mère, gênée, se résignait à répondre à sa place, ma sœur a lentement tourné la tête vers le père de Carole et lui a demandé d'une voix précise :

– Pourquoi avez-vous dit que mon père était un bon à rien ?

Elle n'a pas dit « notre » père. Elle a dit « mon » père. C'était son affaire à elle et rien qu'à elle. Une affaire entre elle et cet homme. Ma sœur était une personne secrète. Elle parlait peu, beaucoup moins que moi, mais elle avait, comme on dit, un caractère bien trempé. Je lui avais rapporté les mots blessants du père de Carole, quelques mois plus tôt, et elle avait juste haussé les épaules. Je me rendais compte maintenant que, loin de les avoir oubliés, elle les avait gardés sur le cœur, ces mots, qu'elle en avait même été bouleversée.

– Pourquoi avez-vous dit que mon père était un bon à rien ? a-t-elle répété distinctement sans lâcher des yeux l'homme aux cheveux en brosse.

Elle n'avait que douze ans, mais sa colère, ruminée depuis des mois, lui donnait la force d'une adulte.

– Mais enfin, qu'est-ce que tu racontes ? est intervenue ma mère.

Quelqu'un a essayé de rire pour dédramatiser, mais ça n'a rien dédramatisé du tout. Au contraire, la tension est montée d'un cran. Le père de Carole a écarté les bras, l'air éberlué, et il a bredouillé :

– Je n'ai jamais dit ça, ma petite, et d'ailleurs ce que ton père a fait hier sur la plage montre bien au contraire que...

– Vous l'avez dit ! Et maintenant vous n'avez pas le courage de le reconnaître, espèce de vieux con !

Personne n'a eu le temps de la retenir. Elle a lancé son bras et jeté tout le contenu de son gobelet au visage de l'homme. Le jus d'orange a dégouliné sur lui, sur son élégante chemise d'été. Il a grommelé : « Oh ! la garce ! » ou quelque chose comme ça.

La suite est floue dans ma mémoire. Je sais seulement que nous avons quitté la réception dans la minute qui a suivi. Je ne me rappelle pas que ma sœur ait dû s'excuser, ni qu'elle ait été spécialement grondée.

Le reste de notre séjour ne me laisse pas non plus de souvenirs très précis. L'incident nous avait bien secoués. Et notre semaine de rêve était en partie fichue. Je nous revois quand même faire du cerf-volant sur la falaise, rouler à vélo tous les quatre sur des routes étroites, et manger dans une crêperie la veille de notre départ.

À la rentrée de septembre, j'ai rejoint ma sœur au collège. C'est cet automne-là que notre mère a eu cette tendinite à la main qui l'a obligée à renoncer à son activité de couturière.

Les temps difficiles ont commencé pour nous.

Notre père a entrepris de s'établir comme paysagiste. La vieille 203 ayant rendu l'âme, il a emprunté à la banque pour acquérir une camionnette neuve, et aussi une petite pelle mécanique pour les travaux de terrassement. Il a loué un hangar pour remiser les véhicules et les outils. Il s'est endetté. Et les contrats de travail espérés ne sont jamais arrivés. Je pense qu'il ne savait pas bien s'y prendre, qu'il aurait dû rester journalier.

Pour la première fois depuis notre naissance, ma sœur et moi avons entendu nos parents se quereller. Et notre mère pleurer, la nuit. Ils faisaient de leur mieux pour nous préserver, mais nous n'étions pas dupes. Cent petits signes nous montraient la mauvaise pente sur laquelle nous glissions : nos achats de vêtements et d'alimentation revus à la baisse, le coiffeur chez qui on ne va plus, les vêtements qu'on fait durer. Elles étaient loin, les vacances en Bretagne.

Deux ans se sont écoulés, et un matin est arrivé ce qui devait arriver : le pire.

Deux hommes sont venus sonner chez nous, ils ont présenté à notre père un titre exécutoire signé de la main du père de Carole, huissier de justice, et ils ont commencé à charger nos meubles dans le camion garé devant notre porte. Ils étaient très polis et ils ne parlaient pas fort. Ils faisaient très attention à ne rien abîmer. Ma sœur et ma mère sont montées à l'étage pour ne pas assister à cette scène. Mon père et moi sommes restés en bas. C'était étrange de voir mon père laisser des gens travailler sans leur donner un coup de main. Ça ne lui ressemblait pas. Il n'a pas déplacé une chaise, pas soulevé le moindre objet. Il paraissait ailleurs, vide.

Ils ont chargé d'abord la grande armoire que nous avions vidée la veille de tout son contenu. Puis la table et ses chaises, le canapé, le vieux fauteuil en cuir, le buffet de la cuisine, le bureau sur lequel je faisais mes devoirs depuis des années... Et pour finir le poste de radio.

En voyant nos meubles soulevés et emportés les uns après les autres, en voyant notre maison devenir de plus en plus grande et de plus en plus vide, en voyant cette lente et inéluctable dépossession, je n'ai pas pu m'empêcher de penser à notre château de sable et à toutes ses dépendances qui s'étaient effondrés, à tout cela, que l'Océan avait anéanti sous nos yeux.

Avant de partir, j'ai jeté un coup d'œil derrière moi, sur la salle vide. Au centre j'ai vu briller une petite bosse de sable humide, lisse et étincelante, comme sur notre plage d'Ouessant.

Cela n'a duré que quelques secondes. Après cela, il n'y a plus eu que le carrelage.

– Venez les enfants, a dit notre père, et nous sommes sortis pour monter dans la camionnette neuve que la loi les obligeait à nous laisser, puisque c'était un véhicule de travail.

L'ACCORD DU PARTICIPE

Maxime Dieuze, célibataire et retraité de La Poste, déjeunait tous les midis au restaurant *Le Marmiton,* en bord de Loire. C'était un petit établissement populaire, sans prétention, mais très fréquenté. Il y avait sa table habituelle, et il prenait invariablement le menu du jour suivi d'un café au lait. Mais le soir, il dînait toujours chez lui, de deux œufs sur le plat arrosés d'un peu de vinaigre, et d'un verre de vin rouge bon marché.

À soixante-cinq ans passés, il était resté maigre, sauf un petit bedon disgracieux qui poussait en avant son pull-over sale. Il se tenait mal, le dos rond, et il reniflait sans cesse.

Ce soir-là, tout en mangeant, il avait gardé l'oreille rivée au poste de radio posé sur la table, et maintenant il s'apprêtait à l'éteindre, un peu déçu. Il sauça le reste de jaune d'œuf avec un bout de pain qu'il suça bruyamment avant de l'avaler, ramolli. Puis il essuya ses doigts poisseux aux jambes de son pantalon. Une mouche activait sa petite trompe au bord de l'assiette. Il ne la chassa pas.

Oui, il était un peu déçu. L'émission durait depuis quarante minutes déjà et le ministre des Finances, qui en était l'invité unique, n'avait toujours pas flanché. Il ne le fit que dans les toutes dernières secondes.

– Les mesures que vous évoquez ne sont-elles pas un peu précipitées ? demanda le journaliste politique.

– Ces mesures, répliqua le ministre, ces mesures n'ont rien de précipité, je vous l'assure. C'est en toute conscience et après mûre réflexion que nous les avons pris.

– *...zzzz!* bourdonna Dieuze avec colère et jubilation.

Il se leva d'un bond, ôta la serviette de table tachée dont il avait coincé un angle en haut de son pull-over et la fit claquer plusieurs fois comme un fouet avec lequel il aurait cinglé sa victime.

– Pri-*ses* ! s'écria-t-il... Que nous les avons pri-*ses* ! Ça t'arracherait la gueule de parler correctement ! Et ça se prétend ministre ! Ah, ah, ah ! je rigole ! Ah, ah, ah !

Quiconque l'aurait vu arpenter sa cuisine, agitant sa serviette et forçant son rire, l'aurait sans doute tenu pour fou. D'ailleurs, fou, il l'était d'une certaine façon.

Il se précipita dans la salle à manger, qui lui

servait de bureau. Tout y était recouvert de poussière : le sol, les meubles, les abat-jour des lampes. La table, dont les deux rallonges étaient à demi tirées, disparaissait sous des piles de feuilles, de carnets, de classeurs, de dictionnaires. Il s'assit, s'empara d'un cahier, l'ouvrit et y nota la date du jour, la référence de l'émission, le nom du ministre ainsi que la phrase prononcée par ce dernier. Puis il souligna d'un trait rouge et rageur la faute commise.

Le cahier était déjà rempli aux trois quarts. Il l'avait inauguré quelques mois plus tôt avec l'épouvantable : *Est-ce que les deux équipes sont-elles prêtes ?* lancé par un animateur de jeu télévisé. Il avait relevé dès le lendemain sur une radio nationale le ridicule et pléonastique : *Au jour d'aujourd'hui.* Et il avait continué sa triste récolte. Cela allait du terrible : *Dites-moi ce que vous avez besoin…* à l'injustifiable : *Je vois dans ce film « un » espèce de réquisitoire.* Il considérait ces fautes comme autant d'agressions contre cette langue qui était la sienne depuis plus de soixante ans et qu'il aimait.

D'ailleurs, il n'en avait jamais appris d'autres, estimant qu'il valait mieux en maîtriser une qu'en baragouiner cinq. Pour lui, la langue de la planète Terre était le français, et toutes les autres n'étaient que des patois sans intérêt, l'anglais compris.

Il se tenait donc aux aguets, prêt à bondir sur chaque incorrection et rêvant d'en châtier l'auteur. Il lui semblait depuis peu que les assaillants se multipliaient et se donnaient le mot. Il s'agissait d'une conspiration, ma parole! Mais il n'avait pas l'intention d'assister inerte à cet assassinat. S'il fallait mener la guerre, il la mènerait!

Il ne s'offusquait pas trop des fautes commises par les gens sans instruction et qui savaient rester à leur place. Que son épicier évoque l'*infractus* d'un client lui était égal, et il était capable de tolérer les: *Si je serais à ta place* des enfants, mais que des hommes politiques, des journalistes, des artistes, des intellectuels viennent polluer les ondes de leur *voire même*, de leur *ec-caetera*, de leur barbare *impacter*, de leur vingt *z'euros* et de leur tortueux: *Vous n'êtes pas sans savoir* ou, pire, de l'absurde: *Vous n'êtes pas sans ignorer*, cela le rendait fou de rage.

Ces gens-là mettent une fortune dans leurs vêtements de marque, se disait-il, ils veillent à leur bronzage, à leur coiffure, à leur dentition, à leurs ongles, ils possèdent le téléphone portable dernier modèle, ils préféreraient mourir plutôt que de rouler dans une voiture de plus de trois ans d'âge, mais ça ne les gêne pas une seconde de dire *à partir de désormais, je m'en rappelle,* ou *la situation dans lequel nous sommes...*

Et le jour où il avait entendu le premier personnage de la République lui-même déclarer sans vergogne: *Les Français, y comprennent très bien qu'est-ce que j'veux dire* une longue plainte désespérée lui avait échappé: « No-on-on-on... »

Une des plus grandes déceptions de sa vie était cet étonnant dérapage repéré dans une chanson de Georges Brassens. Comment cet amoureux de la langue française, cet orfèvre irréprochable avait-il pu laisser passer cela ? L'avait-il fait exprès pour faire « populaire » ? Non, puisque le reste de la chanson était écrit dans un registre soutenu. Alors pourquoi ce rédhibitoire : *La première fille qu'on a pris dans ses bras* ? Qu'on a pri-*se* dans ses bras, bon sang ! Ce n'était pas une question de nombre de pieds, un e muet n'y changeait rien. Dieuze avait réfléchi longtemps avant d'arriver à cet amer constat : Brassens n'avait pas accordé correctement le participe. La mort dans l'âme, il avait rayé le poète de ses fréquentations et renoncé pour toujours à écouter un seul titre de lui.

La sanction peut paraître sévère, mais il faut savoir que si Dieuze avait en horreur les fautes de syntaxe en général, il en exécrait une entre toutes. Aux dix commandements de Dieu, il en avait rajouté un, le onzième : « Tu accorderas correctement le participe passé employé avec les auxiliaires être et avoir », qu'il situait, dans sa hiérarchie personnelle, tout juste après le « Tu ne tueras point ».

Dix fois, quinze fois par jour il devait intervenir pour corriger ces gens qui, tant à la radio qu'à la télévision, s'entêtaient à commettre sans répit la même faute :

– La musique que j'ai écrit..., commençait le chanteur.

– … *te!* le reprenait-il.

– La petite fantaisie que je me suis permis…

– … *zzz!*

– La qualité que nous avons atteint…

– … *te!*

Vivant seul, il se couchait souvent le soir sans avoir parlé à personne de la journée, sauf au serveur du *Marmiton,* ni laissé sortir de sa bouche d'autres sons que ces menus bourdonnements et explosions:

– … *te! … zzz! … zzz! … te!*

Mais là, c'était le pompon! Un ministre… Et il n'en était pas à son coup d'essai, celui-ci! Une recherche rapide confirma que son nom revenait à trois reprises en quelques semaines. Et comme le disait ce bon M. Laprade: «Une fois ça passe, deux fois ça lasse, trois fois ça casse!»

Dieuze repensa avec émotion à son vieil instituteur. Il était décédé depuis longtemps et cela valait mieux: au moins, il n'avait plus à supporter ces horreurs syntaxiques. Dieuze revit la salle de classe de l'école communale où son maître lui avait enseigné la grammaire française, plus d'un demi-siècle plus tôt. Sur le bureau de M. Laprade trônait en permanence un énorme volume: *Le Bon Usage,* de Maurice Grevisse: la Bible. M. Laprade n'avait jamais à l'ouvrir, puisqu'il le connaissait sur le bout des doigts. Il se contentait, lorsqu'un enfant faisait une faute, de désigner l'ouvrage de l'index.

– Veux-tu que je t'assomme avec, ou préfères-tu que je te le fasse manger ?

Le livre pesait près de trois kilos, et le recevoir sur la tête devait faire très mal. Quant à le manger tout entier... Mais c'était dit pour faire rire les élèves et sans aucune méchanceté.

Est-ce en hommage à la bonté de son vieux maître ? En tout cas, Dieuze décida de laisser une dernière chance au ministre des Finances.

Pendant les mois qui suivirent, celui-ci s'exprima peu sur les ondes. Puis vint cette période de turbulences économiques qui l'amena à intervenir davantage. Dieuze dressa l'oreille et n'eut pas à attendre longtemps.

– Avec toutes les casseroles que les socialistes nous ont transmis..., tempêta le ministre, invité au journal de vingt heures, il n'était pas facile de faire mieux, je vous l'assure !

– ... *zzzzzzz !* jubila Dieuze. Transmi-*ses* ! Que les socialistes nous ont transmi-*ses* !

Il bondit de sa chaise et se précipita sur son cahier. Quatre fois la même faute ! Quatre fois ! C'était beaucoup pour un seul homme. M. Laprade devait gémir et se retourner dans sa tombe.

Dieuze se rendit dès le lendemain à sa librairie préférée, et commanda la dernière édition du *Bon Usage* de Maurice Grevisse. Elle arriva une semaine plus tard. C'était un énorme volume relié de mille six cent trente-deux pages, à la couverture crème.

– C'est l'édition de luxe de 2011, la toute dernière, commenta le libraire. Un bel objet, vraiment !

– Combien vous dois-je ? demanda Dieuze, à la caisse.

– Cent soixante-quinze euros, répondit le libraire.

Rentré chez lui, Dieuze posa *Le Bon Usage* devant lui, sur la table, l'observa longuement, puis il prononça d'une voix sourde :

– Mon cher ministre, veux-tu que je t'assomme avec ou que je te le fasse manger ?

Et comme celui à qui s'adressait la question ne répondait pas, il reprit :

– Je te propose mieux, compte tenu de ton entêtement : je vais t'assommer avec ET te le faire manger.

Puis il alla à sa gazinière, dont l'émail était recouvert de la croûte sèche d'une ancienne sauce, et il cassa deux œufs dans la poêle pour son dîner.

Enlever un ministre et le séquestrer assez longtemps pour lui faire avaler les mille six cent trente-deux pages d'une grammaire française représentaient une gageure, mais Dieuze était déterminé.

Pour l'enlèvement, il attendrait l'été et les vacances du gouvernement. La protection des ministres serait sans doute un peu plus lâche à ce moment-là. Il se renseignerait sur la destination de son bonhomme, il se rendrait sur place, il l'observerait quelques jours dans ses déplacements, et ce serait bien le diable s'il ne trouvait pas l'occasion de l'assommer. Puis il le mettrait dans le coffre de sa voiture pour le transporter ici, chez lui. Il l'enfermerait dans la chambre qui donnait sur l'arrière, d'où personne ne pourrait l'entendre appeler. Oui, voilà comment il procéderait. C'était assez simple.

En revanche, l'absorption des mille six cent trente-deux pages le préoccupait davantage. Il ne fallait pas qu'il en meure, cet imbécile. Dieuze se creusa la tête : comment rendre *Le Bon Usage* comestible ?

Il estima pour commencer que la séquestration ne devait pas se prolonger au-delà de deux mois. Il faudrait donc, calcula-t-il, que son pensionnaire consomme une trentaine de pages par jour (il lui ferait grâce de la reliure de cuir). Le ministre était un homme corpulent et, convenablement affamé, il devait en être capable, à condition tout de même qu'on les lui présente sous une forme attractive. Or il existait mille façons d'accommoder les pages d'un livre : coupées en fines lamelles et servies en salade ; sautées à la poêle comme des crêpes ; brassées en bouillie (penser à faire tremper la veille) ; hachées menu et mélangées à une purée de pommes de terre ; ou même nature de temps en temps, pourquoi pas ?

L'attente fut longue jusqu'à l'été, mais dès la première semaine de juillet, les journaux révélèrent les lieux de villégiature des membres du gouvernement. Dieuze eut la crainte que son ministre ait choisi la Martinique ou l'Indonésie. Par chance, ce n'était pas le cas : il se rendrait au Pays basque, à Saint-Jean-de-Luz précisément.

Dieuze réserva par téléphone une chambre d'hôtel dans cette ville. Sa retraite du mois y passerait, mais il n'en avait cure.

Il programma son départ un mardi matin. La route serait longue jusqu'à l'Océan. Il mit dans un sac ce qui lui serait nécessaire pour la durée de son séjour : une chemise au col douteux et un caleçon de rechange. Le pantalon qu'il portait depuis un mois tiendrait bien deux semaines de plus. Le pull-over était très bien aussi. Quelle idée saugrenue de se changer sans cesse ? Détestant l'eau, il se garda bien de prendre un maillot de bain. Et il ne s'encombra pas davantage d'une trousse de toilette, pour la bonne raison qu'il n'en possédait pas. Cependant, il n'oublia pas la boîte de somnifères qui maintiendraient le ministre endormi pendant le voyage de retour. En jetant son sac efflanqué dans le coffre de sa voiture, il s'interrogea : « pourquoi les gens sont-ils tellement encombrés quand ils partent en vacances ? Que peuvent-ils bien emporter ? »

Au moment de démarrer, il réalisa soudain son étourderie. Il oubliait son arme ! Il arrêta le moteur, remonta dans son appartement et répara sa bêtise. Il referma la porte à clé derrière lui et redescendit par l'ascenseur, tenant *Le Bon Usage* de Maurice Grevisse à deux mains. Dans le hall d'entrée, il soupesa une fois de plus l'ouvrage lourd et compact. Par jeu, il le souleva à hauteur de sa tête et fit le simulacre de l'écraser sur la tête du ministre. Vlan !

À l'instant même où il effectuait ce geste, il reçut lui-même, venu de l'arrière, un coup si violent sur le crâne qu'il s'effondra tête la première. Il eut tout juste le temps de se demander : « Qui ? Pourquoi ? » Déjà on lui pressait sur le nez un tissu imbibé de chloroforme, et il perdit connaissance.

– Monsieur Dieuze ? fit une voix moqueuse. On se réveille ?

Il gisait sur le carrelage de sa propre salle de bains. Une eau mousseuse emplissait la baignoire, ce qui n'était plus arrivé depuis des années. Il passa sa main sur sa tête endolorie.

– Désolé, monsieur Dieuze, j'ai dû cogner un peu fort et l'*Encyclopédie médicale* Larousse n'est pas vraiment un livre de poche, n'est-ce pas ? Mais si je l'ai pris pour vous assommer, j'ai mes raisons...

« Pri-*se*, corrigea mentalement Dieuze, même groggy. Si je l'ai pri-*se*... C'est féminin, une encyclopédie. »

La voix lui parvenait depuis l'autre côté de la porte. L'homme devait y être collé et il articulait bien pour être compris.

– Il y a en effet dans ce livre plusieurs chapitres

qui concernent l'hygiène. Est-ce que vous voyez où je veux en venir ?

– Qui êtes-vous ? demanda Dieuze, appuyé sur un coude.

La nausée cognait fort derrière ses globes oculaires.

– Qui je suis ? Je suis quelqu'un qui est très heureux de vous tenir. Parce que vous êtes un porc, monsieur Dieuze, autant vous le dire comme je le pense.

– Un porc ? balbutia Dieuze en se laissant retomber au sol.

– Oui, un porc, continua l'homme, et il commença à s'animer. Je vous observe depuis longtemps, depuis des années. Vous ne vous lavez pas, vous puez la crasse installée, vos vêtements sont toujours sales et tachés. Quand vous allez aux toilettes, au *Marmiton*, vous laissez la lunette des W.-C. souillée d'urine et vous revenez à table sans vous être lavé les mains. Et le pire de tout : vous n'arrêtez pas de renifler. On imagine votre morve monter et descendre dans vos infectes narines, et on a envie de vous hurler : « vous allez vous moucher, oui ou non ? ». On voit vos oreilles envahies de poils répugnants, on voit les auréoles sous vos aisselles, vos ongles mal taillés et noirs, on n'ose pas imaginer, dans vos chaussettes, l'état répugnant de vos pieds, de vos orteils, la dégoûtante marinade que ce doit être... Et on rêve de vous attraper, de vous laver, de vous décaper, de vous...

– Qu'est-ce que vous me voulez ? l'interrompit Dieuze.

– Je viens de vous le dire, monsieur Dieuze, ce que je veux : vous voir propre, une fois dans votre vie.

– Vous êtes complètement cinglé...

– Peut-être, mais c'est comme ça. Alors, vous allez rester dans cette salle de bains le temps qu'il faudra. N'essayez pas de vous enfuir, j'ai bloqué la porte.

– J'ai mal à la tête.

– Je sais. Aussi, je vais d'abord vous laisser récupérer un peu. Je ne suis pas un monstre. Il y a juste une chose qui ne peut pas attendre. Regardez par terre à côté de vous : j'ai déposé un paquet de mouchoirs en papier. Mouchez-vous !

Dieuze jugea prudent d'obéir. Il se souleva, prit un mouchoir et fit ce qu'on lui demandait.

– Plus fort, monsieur Dieuze, soufflez ! Il en reste.

Dieuze s'exécuta.

– Plus fort ! Vous entendez bien que ça grouille et que ça gargouille encore là-dedans !

Il ne le laissa qu'au sixième mouchoir.

– C'est bien. Quel effet cela vous fait-il de respirer normalement, sans toutes ces cochonneries dans votre nez ?

Dieuze ne répondit pas. Ça ne lui faisait rien du tout. Il avait mal à la tête et voulait seulement qu'on lui fichât la paix.

– Bon, dit l'homme. Je vous laisse un quart d'heure. La température de votre bain sera à point et nous passerons aux choses sérieuses.

Dieuze l'entendit s'éloigner. Il s'adossa à la baignoire. «Je suis tombé sur un fou, se dit-il, un maniaque pervers. C'est bien ma chance.»

Quand l'homme revint, il semblait plus calme. Il donna ses instructions avec méthode, s'assurant à chaque instant que Dieuze avait bien compris.

– D'abord, vous quitterez tous vos vêtements et vous les mettrez dans le sac-poubelle. Vous pouvez leur dire adieu. Je pense qu'ils ont accompli leur tâche et au-delà. Ensuite, vous passerez dans le bain. Restez-y trente minutes. Je vous ai prévu un gant et du savon. Frottez-vous bien. Partout. Vous trouverez un flacon sur le bord de la baignoire. Cela s'appelle du shampoing. Lavez-vous les cheveux avec. Rincez-les abondamment et recommencez l'opération jusqu'à ce qu'ils crissent sous vos doigts...

Il lui indiqua la grande serviette blanche avec laquelle s'essuyer.

– Je vais maintenant vous expliquer comment utiliser ce que j'ai placé sur l'étagère de votre lavabo.

Dieuze leva les yeux et découvrit tout un arsenal d'objets, de tubes et de produits qui ne lui appartenaient pas.

– Ces petits bâtonnets avec l'extrémité en coton servent à se curer les oreilles. Vous les voyez?

– Oui, répondit Dieuze.

– Ensuite vous avez un déodorant pour les aisselles. Puis un coupe-ongles. À utiliser pour les mains d'abord et pour les pieds ensuite. Une brosse à dents. Avez-vous déjà vu cet objet de près ? Le tube de dentifrice est juste à côté. Le sèche-cheveux est dans l'angle. Vous avez un peigne. Une brosse. Un flacon d'après-rasage. Et des petits ciseaux à bout rond, avec lequel vous vous couperez les poils du nez.

« Avec *les*quels, rectifia machinalement Dieuze. Les ciseaux, c'est pluriel. » Il écoutait, un peu hébété, et marmonnait parfois pour signifier que oui, il comprenait.

– Si, au cours du programme, vous avez le moindre doute, appelez-moi, je reste ici, de l'autre côté de la porte et je vous guiderai. Quand tout sera fini – dans une heure environ, j'estime –, vous trouverez dans votre petit meuble des habits à votre taille : sous-vêtements, chaussettes, pantalon, chemise, veste, chaussures. Tout cela est propre et neuf. Une première pour vous, non ? À tout à l'heure.

Dieuze approuva. Il n'avait ni la force ni l'envie de se rebeller. Comme l'homme se taisait, il se déshabilla entièrement, fourra ses affaires dans le sac-poubelle et enjamba le rebord de la baignoire. L'eau était tiède et sentait bon le bain moussant. Il fut surpris du plaisir qu'il éprouva à s'immerger doucement. Il faillit s'endormir.

Il s'endormit.

– Monsieur Dieuze ! Où en êtes-vous ?

Les coups donnés à la porte le réveillèrent en sursaut. Sa tête ne lui faisait plus mal.

– Je me suis endormi…

– Ah. Ce n'est pas grave. Mais vous avez du travail, vous vous en rappelez ?

« Vous vous en *souvenez*, corrigea Dieuze pour lui-même. Se rappeler est un verbe transitif… »

Il suivit point par point les instructions reçues. Il shampouina ses cheveux jusqu'à ce qu'ils crissent, il se rinça, sortit de la baignoire, se sécha. Il se rasa. Il brossa ses dents, il coupa ses ongles, les brossa, il cura ses oreilles, il se coiffa.

– Vous avez terminé ? demanda l'homme.

– Oui, répondit Dieuze.

– Alors habillez-vous !

La chemise vert pâle était soigneusement pliée. En l'enfilant, il en respira l'odeur de neuf et de frais. Le tissu était doux sur la peau. Le pantalon lui allait parfaitement, ainsi que la veste. Les chaussures de cuir sortaient à coup sûr de la boutique. Dieuze se demanda combien tout cela avait coûté au type, puis il se rappela les cent soixante-quinze euros qu'il avait consacrés à l'achat du *Bon Usage* de Maurice Grevisse ainsi que le prix de son hôtel à Saint-Jean-de-Luz. Après tout, il fallait savoir ce qu'on voulait.

– Vous êtes prêt ? demanda la voix impatiente de l'autre côté de la porte.

– Oui, je crois.

– Alors, prenez sur l'étagère le petit vaporisateur de parfum pour homme et mettez-vous-en un peu.

Il fit ce qu'on lui demandait.

– Ça suffit ! l'arrêta l'homme après le troisième pschitt. Et maintenant écoutez-moi bien : je veux vous voir comme ça dès aujourd'hui, au *Marmiton*. Je veux vous voir propre et soigné, vous m'entendez ? Je serai là pour vous observer, et si vous me faites faux bond, comptez sur moi pour m'occuper de vous très bientôt, et beaucoup moins gentiment ! Au revoir, monsieur Dieuze !

Le temps qu'il pousse la porte, l'homme avait disparu. Il entendit seulement sa fuite rapide dans l'escalier, dont il déduisit qu'il s'agissait d'une personne jeune, du moins agile. Il alla dans sa chambre, se regarda dans la glace de son armoire et faillit se dire : « Bonjour monsieur. »

Maxime Dieuze n'avait aucun courage physique. L'idée d'être agressé une seconde fois, et plus violemment encore que la première, le dissuada de désobéir.

À midi et demi pétant, comme à son habitude, il pénétra dans la salle du *Marmiton*, avec la sensation désagréable d'être déguisé. Le serveur, qui le connaissait depuis des années, l'accueillit comme un nouveau client.

– Un couvert, monsieur ? Je vous installe tout de suite.

– Vous ne me reconnaissez pas ? lui souffla-t-il, j'ai ma table, je suis…

– Oh, pardon, monsieur Dieuze ! s'excusa le serveur, confus. Vous vous êtes lav… je veux dire…

– Oui, le coupa-t-il, et il alla prendre sa place habituelle.

Il passa son repas à tenter de repérer son agresseur parmi la cinquantaine de clients qui déjeunaient ce jour-là au *Marmiton*. En vain. Cela pouvait très bien être ce jeune type nerveux qui mangeait seul en lisant le journal. Ou bien l'un de ces trois hommes qui ressemblaient à des représentants de commerce. Cela pouvait être presque tous les hommes présents, en réalité. « Il pourrait au moins me faire un signe de connivence, pensait-il, m'adresser un clin d'œil. Je suis certain qu'il m'observe dès que je regarde ailleurs. »

À quatorze heures, Dieuze régla sa note et quitta le restaurant en se demandant s'il était raisonnable de prendre la route pour Saint-Jean-de-Luz à cette heure. Cela le ferait arriver dans la nuit. D'un autre côté, il était trop tard pour annuler sa réservation à l'hôtel et la nuitée lui serait facturée dans tous les cas. Il décida donc finalement de partir.

Il eut son accident mortel à la hauteur de Périgueux, vers vingt heures. Il était sorti de l'autoroute afin de trouver un restaurant où dîner, et il s'était égaré sur une voie départementale. La fatigue, l'agacement, il grilla un stop et fut percuté de plein fouet par un agriculteur qui transportait des veaux dans sa bétaillère.

Peu de personnes assistèrent à son enterrement. Sa sœur, venue de Poitiers, prit la parole au cimetière, avant qu'on descende son cercueil dans la tombe.

– Je regrette de t'avoir négligé, ces dernières années, Maxime, dit-elle, la gorge serrée. Pardonne-moi. Ta mort est d'autant plus bête que tu avais sans doute enfin trouvé l'amour, après tout ce temps. C'est ce que j'ai compris en te voyant si beau, si bien habillé, alors que ce n'était pas ton genre. Tu avais rendez-vous quelque part, j'en suis certaine. Quelque part dans le Sud quelqu'un t'attendait, quelqu'un qui t'aurait peut-être aimé…

Elle essuya ses larmes. Poursuivit :

– Repose en paix, Maxime. Que le Seigneur t'accueille en son Royaume. Qu'il te pardonne tes fautes. Et qu'il nous pardonne les nôtres. Qu'il nous pardonne toutes les fautes que nous avons commis.

– *Zzzzzzzzzzzzzzz…*, fit en passant au ras du cercueil un gros bourdon, sans doute attiré par l'odeur âcre des chrysanthèmes.

DOM JUAN

L'incident se produisit un jeudi soir, lors de la troisième représentation, au milieu de la scène II de l'acte II. Il s'agit de ce passage dans lequel Charlotte, la petite paysanne, se défend de son mieux des avances de Dom Juan.

Elle est adossée à un mur, côté cour, appétissante comme une pomme dans sa robe rouge. Il la presse, il la domine de sa haute taille, de son assurance, il lui tient les mains et cherche son regard. Elle se détourne, rougissante :

– *... on m'a toujours dit qu'il ne faut jamais croire les Monsieux, et que vous autres courtisans êtes des enjôleus, qui ne songez qu'à abuser les filles...*

Il réplique de sa voix de velours et avec cet air de vérité qui donne envie de le battre :

– *Je ne suis pas de ces gens-là.*

Or, ce soir-là, Cornel Badescu, qui tenait le rôle-titre, ne répliqua rien du tout et resta muet. Cela dura quatre secondes, une éternité dans le temps théâtral, et ce fut sa partenaire qui le tira d'affaire en lui soufflant son texte.

– *Seriez-vous de ces gens-là ?* demanda-t-elle, tête baissée.

Il saisit à deux mains la bouée de sauvetage qu'elle lui jetait et n'eut qu'à reprendre, en écorchant à peine le texte de Molière :

– *Certes non, je ne suis pas de ces gens-là.*

Et Sganarelle, qui mangeait un morceau de fromage à l'écart, commenta négligemment :

– *Il n'a garde...*, ce qui provoqua les rires habituels.

À part quelques puristes – il en existe de suffisamment tordus pour assister aux pièces de théâtre avec le texte sur les genoux –, personne ne remarqua rien.

La grande salle de la Comédie de Saint-Étienne était remplie jusqu'au dernier strapontin, comme toutes les salles l'étaient depuis la première du spectacle, un an plus tôt. Il y avait d'abord eu les trois mois d'automne dans un théâtre parisien, puis une prolongation de deux semaines, consécutive à l'énorme succès, puis une courte trêve, et maintenant cette tournée en province qui se poursuivrait jusqu'en juin.

Le soir même, Badescu alla droit vers Dona qui se démaquillait dans sa loge, et l'embrassa sur sa tête brune et bouclée :

– Merci, ma Charlotte ! Tu m'as sauvé la vie !

Elle leva vers lui deux grands yeux verts étonnés

et le regarda dans la glace sur laquelle quelqu'un avait écrit au rouge à lèvres : *Come on, Dona !*

– Merci de quoi ?

Il n'était pas si étonnant qu'elle eût déjà oublié. L'entraide était naturelle dans la compagnie et on n'en faisait pas tout un plat. À force de répéter et de jouer la pièce ensemble depuis des mois, chacun connaissait plus ou moins par cœur le texte des autres. Mais Badescu tenait à ne pas laisser passer l'occasion de valoriser Dona. Le triomphe était toujours pour les trois mêmes : pour lui, Dom Juan, qui faisait merveille avec son bel accent roumain ; pour l'impayable Sganarelle ; et pour la bouleversante Done Elvire. Les autres, telles Charlotte et Mathurine, se partageaient les miettes.

Par ailleurs, cette petite comédienne de vingt et un ans lui plaisait beaucoup. Elle était jolie, joyeuse et bourrée de talent.

– Merci de m'avoir soufflé ma réplique dans la II ! lui rappela-t-il.

– Ah, oui ! Tu as vu le réflexe ! dit-elle en riant.

Le lendemain, il entra sur le plateau dans d'excellentes dispositions. Il y avait des soirs comme cela où il se sentait singulièrement maître de son art, concentré, impatient de donner le meilleur de lui-même, tout juste habité de cette légère inquiétude qui maintient sur le qui-vive. Sa première tirade, dans l'acte I, s'adressait à Sganarelle : *Quoi? Tu veux qu'on se lie à demeurer au premier objet qui nous prend?* et la seconde à Done Elvire: *Je vous avoue, Madame, que je n'ai point le talent de dissimuler...* Dans l'une et l'autre, il lui sembla naviguer sur un bateau dont il était à la fois le capitaine et le passager. Il avait rarement goûté à ce point le bonheur de jouer la comédie.

Aussi se trouva-t-il stupéfait lorsqu'il buta de nouveau, dans la scène II de l'acte II, au même endroit que la veille.

– ... *et que vous autres courtisans êtes des enjôleus, qui ne songez qu'à abuser les filles...*, dit Dona-Charlotte.

Il fut incapable de lui répondre. Il savait que c'était une seule et courte réplique. Des mots simples. Mais à cet instant-là, loin d'être au bout de sa langue, ils lui semblèrent hors de portée, distants de plusieurs années-lumière.

Cette fois, Dona tourna la tête vers lui avec dans les yeux comme un amusement: « Encore! » mais elle ne tarda pas à venir à son secours.

– *Seriez-vous de ces gens-là?* demanda-t-elle.

Et lui de reprendre:

- *Certes non, je ne suis pas de ces gens-là.*

Au cours du dîner qui suivit la représentation, la bonne humeur était de mise. Dona le taquina depuis l'autre bout de la table, sur son trou de mémoire, et elle fit rire toute l'assemblée en lançant:

– Alzheimer à cinquante ans, c'est dur, Cornel, non?

Il rit bruyamment avec les autres, et peut-être même plus bruyamment – avait-il le choix ? – mais sa défaillance renouvelée le contrariait davantage qu'il ne l'aurait voulu.

La représentation du lendemain était la dernière que la compagnie donnait à Saint-Étienne. Le metteur en scène réunit les comédiens dans l'après-midi pour corriger les quelques menus défauts remarqués les soirées précédentes et il conclut en souhaitant qu'ils finissent « en beauté » dans cette ville.

Une fois de plus, la salle était comble. De sa loge, Cornel Badescu écouta Sganarelle dire son monologue du « tabac », par lequel s'ouvre la pièce. Lui-même entrerait en scène moins de cinq minutes plus tard. Il respira profondément à plusieurs reprises, afin de mobiliser son équilibre et sa force, mais il ne put débarrasser son esprit de cette question lancinante : « Est-ce que je vais buter à nouveau ce soir ? Buter au même endroit ? Sur cette même phrase ? Et quelle est cette phrase d'ailleurs ? » L'affolement le prit. Il se précipita vers son sac abandonné dans un coin de la loge et fit ce qui lui aurait semblé ridicule trois jours plus tôt, ce qu'il n'avait plus fait depuis des mois : consulter le texte de la pièce dont il était l'acteur principal et qu'il aurait dû connaître sans faille. Il alla y chercher la phrase manquante, la phrase qui le fuyait : *Je ne suis pas de ces gens-là*. Ce n'était pas si difficile, bon sang ! Il la répéta à voix haute huit ou dix fois : *Je ne suis pas de ces gens-là… Je ne suis pas de ces gens-là…* Qu'arriverait-il si Dona ne lui soufflait pas sa réplique ?

Pas un spectateur ne soupçonna son tourment. En bon professionnel, il était capable de donner le change et il le donna. Le dialogue avec Charlotte dans la scène II de l'acte II s'engagea de la meilleure des façons. Dona se montra candide à souhait, et lui d'une superbe hypocrisie. L'énergie, le mouvement, le rythme juste, tout était là.

– *Aussi vrai, Monsieur, je ne sais comment faire quand vous parlez…*, dit enfin Dona.

Et ce fut le signal de la panique. Il sut qu'il n'y arriverait pas. Les mots ne seraient pas au rendez-vous qu'il leur avait donné.

Il n'aurait pas défini cela comme un « trou » dans lequel il serait tombé. L'image ne convenait pas. C'était plutôt comme un évanouissement. Une sorte de vacance soudaine. Plus que l'impossibilité de trouver : l'impossibilité de chercher.

« Non-on-on ! hurla-t-il silencieusement. Non-on-on ! » S'il avait pu, il aurait juré, cogné le mur avec ses poings. Au lieu de cela, il marqua un bref silence et Dona vint à son secours, pour la troisième fois :

– *Seriez-vous de ces gens-là ?*

Après la représentation, ils n'en parlèrent ni l'un ni l'autre.

L'étape suivante était Bordeaux. Là-bas les comédiens eurent trois jours de répit avant de rejouer. Cornel Badescu en profita pour prendre ses distances avec la troupe. Il fit de longues promenades solitaires dans cette ville qu'il ne connaissait pas, en proie à des pensées confuses. Il avait la sensation que quelque chose de lointain cherchait à se frayer un chemin dans sa conscience. C'était indéfinissable et très perturbant. Il compara cela à une fièvre qui se prépare, qui s'insinue. On n'est pas encore malade, mais on pressent qu'on va l'être bientôt.

Un après-midi, le hasard le fit croiser Dona sur les quais, le long du fleuve. Elle marchait, habillée d'un manteau noir et d'une écharpe. Elle était coiffée d'un bonnet rouge. Ils se retrouvèrent assis dans un café chic du centre-ville. Jamais jusqu'à ce jour ils n'avaient eu de conversation personnelle. Elle avait trente ans de moins que lui et fréquentait de préférence les comédiens plus jeunes de la troupe. Il commanda un café et elle un Coca-Cola. Ils parlèrent de théâtre, de leur metteur en scène, de ses marottes.

– D'où te vient ton prénom, au fait ? demanda-t-il soudain, alors qu'ils étaient sur le point de partir. Dona, ce n'est pas commun.

Elle hésita une seconde.

– Mes parents m'ont appelée comme ça. Enfin, c'est un peu plus compliqué...

– Plus compliqué ? C'est-à-dire ?

Elle avait déjà enfilé son manteau. Elle se rassit. Le serveur encaissa et débarrassa la petite table ronde. Le café était presque vide à cette heure. Il se rassit en face d'elle.

– Je suis née sous X, dit-elle. Ma mère biologique m'a laissé deux choses : la vie et un prénom : Doïna... avec un i et un tréma dessus... mes parents adoptifs ont voulu m'en donner un autre... mais garder tout de même quelque chose de moi « avant »... une trace... alors ils ont juste ôté le ï... et ça a donné Dona... « donné Dona », c'est drôle, non ?

Elle avait dit tout cela avec lenteur et des silences entre les phrases. Sa vivacité naturelle s'en était allée. Il découvrait chez elle une mélancolie jamais soupçonnée.

– Ouh, ouh ! fit-elle en agitant ses doigts devant son visage à lui, comme pour le réveiller, et il se rendit compte qu'il était figé de stupeur.

– Pardon... je... et tu n'as jamais...

– Non, le coupa-t-elle. C'est ce que me demandent tous ceux qui savent. Je n'ai jamais entrepris de chercher. Un jour peut-être, sûrement même, mais pas maintenant. Je ne suis pas prête. Et mes parents non plus. Je ne veux pas savoir.

– Je comprends, dit-il. Mais tu sais que Doïna est un prénom roumain, je suppose ?

– Oui, je le sais. C'est joli, non ?

– Oui, c'est joli.

Ils firent ensemble le chemin de l'hôtel et se séparèrent dans le hall.

– C'était bien de se parler un peu, dit-elle en appelant l'ascenseur, on joue ensemble depuis des mois et on se connaît à peine, finalement.

– C'est vrai, reconnut-il.

Puis, comme la porte se fermait, elle ajouta :

– Je n'en ai parlé à personne dans la troupe. Je voudrais que tu le gardes pour toi, s'il te plaît.

Aussitôt revenu dans sa chambre, il se connecta sur Internet et resta indécis devant l'écran immobile. Ce qu'il s'apprêtait à faire pouvait changer sa vie.

Il balança longtemps entre peur et curiosité. Trois clics le séparaient de la vérité. Il pouvait encore librement refermer son ordinateur et rester dans l'ignorance. Mais combien de temps le supporterait-il ? Il succomberait tôt ou tard à la tentation de savoir, de toute façon, alors pourquoi repousser ce moment ? Les battements de son cœur s'accélérèrent. Il tapa lentement, lettre après lettre : *D.o.n.a P.e.y.s.s.o.n.* Le moteur de recherche ne lui demanda pas s'il était bien certain de vouloir entreprendre ce qu'il entreprenait. Les moteurs de recherche n'ont pas d'états d'âme. Il lui proposa de nombreuses entrées concernant la jeune femme. « Elle en a fait du chemin, pensa-t-il, bien plus que moi à son âge. » Il consulta quelques pages au hasard et tomba vite sur ce qu'il cherchait. Sur la photo, elle fixait l'objectif de ses yeux verts et affichait un sourire radieux. C'était tout elle, directe et lumineuse. Le texte voisin commençait ainsi :

Dona Peysson, comédienne, est née le 27 septembre 1990 à Paris. Dès l'âge de seize ans elle s'inscrit à un cours de théâtre et…

Septembre 1990. Le calcul était facile à faire. Il se détourna, pris de vertige.

On est en décembre 1989. Il a trente ans et vit encore en Roumanie. Bucarest est dans le chaos. Sous l'œil omniprésent de la télévision, la tyrannie vacille. De l'Ouest arrivent par dizaines des voitures bourrées de jeunes gens que l'idée de vivre l'histoire en direct exalte. Ils viennent de Paris, de Milan, de Berlin et se mêlent aux combattants, sans toujours bien comprendre les règles du jeu, tant c'est compliqué, et tant on a du mal à savoir qui est qui entre les fidèles de Ceausescu et les autres. En tout cas, c'est dangereux.

On boit sec. On fume beaucoup. On va de quartier en quartier. On suit des mots d'ordre contradictoires. On reboit sec. On ne mange presque plus. On dort quand on peut, là où on se trouve. Le hasard des rencontres jette Cornel et quelques-uns de ses amis dans un groupe d'une quinzaine de jeunes Français et Françaises venus de Paris et qui font du théâtre comme lui. Il est séduit par l'une d'elles et lui tourne autour pendant une partie de la soirée. Mais c'est avec une autre qu'il dort, en fin de compte, dans une maison inconnue, sur un matelas posé à même le sol. Comment s'appelle-t-elle déjà ? Sabine ? Christine ? Céline ? Elle a vingt ans à peine. Le lendemain, le désordre est tel qu'ils se perdent et ils ne se revoient plus.

Mi-avril, il reçoit une enveloppe qui est partie de France un mois plus tôt, qui est passée dans dix mains avant d'arriver miraculeusement dans les siennes. Elle ne porte même pas son nom. Elle est destinée à cet homme « brun, cheveux très courts, lunettes, qui fait du théâtre, et qui se trouvait tel soir dans tel endroit, qui était habillé comme ceci et comme cela, qui parlait un français parfait, et dont le surnom est... ». C'est lui. On l'a toujours appelé ainsi en Roumanie. La lettre est brève. Elle dit : « Je suis enceinte de toi. Viens me rejoindre à Paris. Si tu me rejoins, je garderai l'enfant. » Et c'est signé Sabine, ou Christine, ou Céline.

Il détourne son regard de l'adresse et du nom de famille, vite, au cas où son cerveau les mémoriserait. Il déchire l'enveloppe et la lettre, vite, avant d'avoir le temps de réfléchir. Il y met le feu avec son briquet et les brûle. Ça n'existe pas. Ça n'a jamais existé.

À l'automne suivant, il quitte son pays et s'en va vivre en Suisse pendant quelques années, puis à Lyon. À la quarantaine, il arrive enfin à Paris, où démarre sa véritable carrière de comédien. Le succès lui vient avec la maturité. Il s'est épaissi de corps, de voix et d'âme, et on lui confie des premiers rôles.

Mais « ça » existe. Et il n'a pas oublié. Ça le surprend n'importe où, n'importe quand : dans son atelier tandis qu'il fabrique un masque de comédie, dans la rue quand il croise une mère avec son bébé, au volant de sa voiture à cause d'une chanson, pendant une répétition ennuyeuse. Il y pense environ deux fois par mois pendant vingt ans.

Et puis Charlotte vient, dans sa robe rouge et elle lui dit : « … vous autres courtisans êtes des enjôleus, qui ne songez qu'à abuser les filles… » Et il en est pétrifié parce que Charlotte est Dona, et que Dona est son enfant devenue grande. Par quel mystère vertigineux, par quelle fulgurance le devine-t-il ? Peut-être parce que les comédiens en jeu sont dans un état second, et que cet état les rapproche des médiums. Il y croit. Son pressentiment devient certitude quelques jours plus tard, dans le café de Bordeaux, dès qu'elle évoque son prénom roumain : Doïna.

Après Bordeaux, la tournée les conduisit à Toulouse, à Clermont-Ferrand, à Rennes. Il puisa au fond de lui-même et dans son expérience la force de continuer à jouer comme avant, avant de savoir. Seul Marco, qui jouait Sganarelle et avec qui il dialoguait presque un tiers de la pièce, remarqua l'imperceptible différence, cette légère absence à ce qu'il faisait.

– Ça va, Cornel ? demanda-t-il simplement un soir.

Il ne voulut pas mentir à son vieux complice et répondit qu'il était fatigué, qu'il avait hâte que cela finisse, ce qui était vrai.

– Je te comprends, dit Marco, même si je ne suis jamais fatigué de jouer, moi. C'est quand je ne joue pas que je suis fatigué et malheureux. Allez, va, courage ! Accroche-toi à moi. Je te tirerai jusqu'au bout.

Et il l'embrassa.

Dona prit l'habitude de ne plus attendre le silence de son partenaire dans la scène II de l'acte II. Chaque soir elle demanda : *Seriez-vous de ces gens-là ?* sans marquer de pause, afin de l'aider à mentir : *Je ne suis pas de ces gens-là.* Au metteur en scène tatillon qui leur demandait les raisons de cette petite entorse au texte de Molière, ils répondirent qu'ils s'étaient « calés » naturellement comme ça, et il ne vit pas d'inconvénient à ce qu'ils continuent.

Cornel fit des efforts surhumains pour ne pas la regarder sans cesse et partout : sur la scène, pendant les repas, pendant les transferts entre les villes. Il épiait sa démarche, sa silhouette. Il guettait le son de sa voix, de son rire. « C'est mon enfant... c'est ma fille... » se répétait-il, fasciné. Il chercha des ressemblances entre eux et n'en trouva que dans la noirceur des cheveux. Peut-être aussi dans cette mâchoire inférieure un peu forte et dans cette façon de la projeter en avant. En tout cas pas dans les yeux, qu'elle avait verts et limpides, comme ceux d'une chatte, alors que les siens étaient sombres.

Pour dire la vérité, il ne se rappelait pas les yeux de cette jeune femme avec qui il avait passé une nuit, vingt ans plus tôt, à Bucarest. La reconnaîtrait-il seulement ? Et elle, le reconnaîtrait-elle ? Sans doute pas. Elle avait dû attendre longtemps une réponse qui n'était jamais venue. Trop longtemps. Jusqu'à ce qu'il fût trop tard. Elle avait donc porté l'enfant jusqu'au bout, puis elle l'avait confiée à d'autres. Et maintenant cette enfant surgissait devant lui, dans la splendeur de ses vingt ans. En toute innocence, elle le défiait de sa vitalité : « Tu vois ce que je suis devenue sans toi ! Tu vois comme je n'ai pas eu besoin de toi, et comme je suis vivante ! »

La tournée s'acheva à Lille, où ils donnèrent quatre représentations. La dernière eut lieu un samedi soir, devant une salle électrique dont on devinait l'impatience jusque dans les coulisses. Ils se donnèrent des accolades. Ils échangèrent des encouragements plus chaleureux et sensibles que les autres soirs : « Allez, la dernière ! Allez, la plus belle ! »

De sa loge, Cornel entendit que Marco était dans un grand soir : drôle, efficace, inspiré. Il en fut galvanisé. « Je vais me mettre à sa hauteur, se dit-il. Je vais m'oublier et donner le meilleur de moi-même. »

Dès les premières répliques de la scène II, il sentit qu'ils étaient à l'unisson, Sganarelle et lui. Et quand il commença sa première tirade: *Quoi? Tu veux qu'on se lie à demeurer au premier objet qui nous prend?* il éprouva cette jubilation, perdue depuis plusieurs semaines, de jouer juste et d'être à ce qu'il faisait. Preuve de leur performance, le public les applaudit à la fin de la scène, ce qui n'arrivait pas si souvent.

Vint ensuite la scène III, dans laquelle Done Elvire, l'épouse délaissée, bouleversée de colère et de souffrance, l'accable de reproches qu'il écoute de loin. Il la laissa arpenter le plateau à sa poursuite, le harceler, se consumer. Puis, comme elle se campait devant lui et le mettait en demeure d'expliquer son départ, il commença:

– *Je vous avoue, Madame, que je n'ai point le talent de dissimuler, et que je porte un cœur sincère...*

Il adorait jouer cette partition dans laquelle Dom Juan redouble de fausseté et de provocation, au point de se moquer d'être cru ou non. Un vrai délice de comédien.

–*... je ne vous dirai point que je suis toujours dans les mêmes sentiments pour vous, et que je brûle de vous rejoindre, puisque enfin il est assuré que je ne suis parti que pour vous fuir...*, continua-t-il.

Et il se tut. Au beau milieu de sa tirade.

« Foudroyé. Comme Dom Juan l'est à la fin de la pièce », eut-il le temps de se dire. C'était plus violent encore qu'avec Dona dans l'acte II. La suspension dura une poignée de secondes au bout desquelles Catherine, qui jouait le rôle de Done Elvire, planta dans les siens ses yeux verts, ses yeux verts et limpides comme ceux d'une chatte, et lui souffla son texte, tout bas, dans un murmure, sans bouger les lèvres :

–... *il m'est venu des scrupules, Madame...*

Catherine... Impossible à reconnaître après vingt ans, et pourtant bien réelle, présente, là, devant lui, sans la possibilité du moindre doute. Non pas Sabine ni Christine, ni Céline, mais Catherine, retrouvée à cet instant sous le regard tendu de mille spectateurs qui les scrutaient en silence. Catherine, surgie du passé. Catherine, mère de Dona.

–... *il m'est venu des scrupules, Madame,* reprit-il, presque évanoui de stupeur, *et j'ai ouvert les yeux de l'âme sur ce que je faisais...*

Le lendemain, le quotidien régional *La Voix du Nord* fit sa une sur le malaise du comédien Cornel Badescu qui avait contraint la troupe à interrompre puis à annuler la représentation en cours. On mit cela sur le compte du surmenage provoqué par l'épuisante tournée qui avait précédé.

Badescu fut admis une nuit et une journée au Centre hospitalier de Lille. Il y fut soumis à une batterie d'examens qui ne révélèrent rien d'alarmant, à la suite de quoi il put rentrer chez lui. Dès la saison suivante, il commença avec d'autres comédiens les répétitions de la pièce de William Shakespeare *Comme il vous plaira*, celle-là même où le grand poète fait dire à l'un de ses personnages que *le monde entier est un théâtre*.

MON ONCLE CHRIS

J'avais douze ans et je venais enfin d'emménager dans ma chambre à moi. Mes deux jeunes frères partageaient désormais mon ancienne chambre, de l'autre côté de la cloison. Mon lit était surélevé, je veux dire que je pouvais me tenir debout dessous et que j'y grimpais par une petite échelle de bois. Il était dix heures passées. J'avais éteint et je m'apprêtais à dormir, quand on a toqué doucement à la porte. Mes parents n'avaient pas cette habitude et les deux petits dormaient depuis longtemps. Alors qui ?

– Entrez, ai-je dit avec à-propos, et j'ai reconnu la grande silhouette de mon oncle Chris dans la lumière venue du couloir. On ne l'avait pas revu chez nous depuis plus d'un an.

Ses cheveux frisés grisonnants, malgré sa petite quarantaine, faisaient comme une crinière autour de sa tête. Il apportait avec lui dans ma chambre son odeur habituelle, mélange de cuir, d'épices et de bateau, du moins ce que j'imaginais être une « odeur de bateau ». Et son sourire rayonnant.

Il s'est accoudé au lit et m'a embrassé.

– Je te réveille pas, mon grand ?

– Non, je dormais pas encore. Tu arrives d'où ?

Il a répondu en riant qu'il arrivait du Brésil, comme si c'était une bonne blague, du Brésil !

Il était impossible de suivre mon oncle Chris dans ses pérégrinations : Java, la Patagonie, Zanzibar, Calcutta, le Mali, Java encore… Ça me faisait rêver, ces noms, mais pas mon père, qui avait glissé un jour : « Les pays changent, mais pas lui, toujours aussi fauché. » Qu'est-ce que ça veut dire, « fauché » ? Ça veut dire qu'on n'a pas d'argent.

On a bavardé quelques minutes dans la pénombre, en chuchotant pour ne pas réveiller les petits. Il m'a demandé si j'avais « le moral », si j'avais appris de nouvelles figures au diabolo. Il m'avait vu y jouer une fois et s'était mis dans la tête que je pourrais en faire mon métier et devenir un artiste. Il m'a raconté les petits acrobates de rue, en Inde, pas plus âgés que moi et qui en vivaient. On a parlé de tout ça, de choses et d'autres. La conversation avec lui n'était jamais ennuyeuse comme elle peut l'être avec les adultes qui veulent seulement savoir comment ça va à l'école. Et on s'est donné rendez-vous au lendemain.

– Je dors ici, a-t-il dit, on aura tout le temps.

Comme il s'en allait, j'ai réalisé que j'avais oublié le plus important. Je l'ai rappelé :

– Tonton, attends ! et j'ai tendu le bras pour allumer ma lampe. Regarde !

Son vrai prénom était Christopher, mais personne ou presque ne l'avait jamais appelé ainsi. Il a eu droit successivement à Chris, Christo, Toph', Stoph', Topher, Christob', sans qu'aucun de ces petits noms réussisse à se fixer sur lui pour le désigner une bonne fois pour toutes. À l'image de sa vie, qui ne s'est jamais fixée non plus, qui a toujours ballotté. Oh ! combien elle a ballotté, sa vie ! Tangué. Jusqu'à la culbute. Jusqu'au naufrage.

Pour moi il a toujours été Chris, mon tonton Chris, et mon parrain par-dessus le marché. Je n'ai jamais aimé la façon dont mes cousins l'appelaient Christob', sans doute en référence à Cristobal et à la chanson « Tonton Cristobal est revenu ». Ils y mettaient une nuance de moquerie qui me déplaisait. Je n'aimais pas davantage les adultes qui le nommaient « l'artiste ». « Et l'artiste, comment il va ? » demandaient-il à mes parents avec un air amusé, et on était censés comprendre qu'il s'agissait forcément de Chris.

Artiste, il l'était sans doute, bien plus en tout cas qu'eux tous réunis ; seulement, il n'avait jamais réussi à faire quoi que ce fût de son talent. Il était photographe, mais on lui avait toujours « volé son matos » et il attendait de pouvoir se renflouer un peu avant de se payer le Nikon de ses rêves. Il était dessinateur, mais ses carnets de voyage s'étaient perdus. Il était musicien, mais son groupe s'était dissous. Il faisait des affaires aussi. Il était dans le textile, dans le cuir, dans les instruments de musique. Il était toujours sur le point de réaliser de gros bénéfices. Sur le point...

Il était le septième et dernier de sa fratrie. Ma mère, sa sœur, était la cinquième. Adultes, tous avaient réussi professionnellement, à des degrés divers, mais tous s'en tiraient bien. Sauf tonton Chris. Tous s'étaient mariés et avaient eu des enfants. Un seul pour certains, deux pour les autres, trois pour ma mère. Sauf tonton Chris. Pourtant, nous avons vu défiler beaucoup de fiancées. À en attraper le tournis. Et elles nous faisaient drôlement voyager. Il nous a ramené des Suzie, des Péguy, des Ludmilla, une Maria-Paz du Venezuela, une Loreleï, et même une surprenante Gro, venue de Norvège et qui éclatait de rire à en faire reculer les murs. Elles étaient toutes charmantes et joyeuses, comme lui. La plupart ne parlaient pas le français et il communiquait avec elle dans un anglais approximatif ou en espagnol. Ça ne durait pas plus de quelques mois, au mieux un an. La fois suivante, il revenait seul ou déjà avec une autre et il annonçait gaiement :

– Je vous présente Ndeye. Elle est sénégalaise !

Il ne s'est donc jamais marié. Et il n'a jamais eu

d'enfants. « Il n'a, Dieu soit loué ! jamais eu d'enfants », disait mon père. Et pourtant il les adorait. Sans doute parce qu'il en était resté un lui-même. Un éternel enfant dans son grand corps maigre et dégingandé. Et nous, les enfants, l'adorions tous, parce qu'il était drôle, généreux, imprévisible et surtout parce qu'il pouvait jouer très longtemps avec nous sans se lasser. Non parce qu'il faisait preuve de patience, mais parce que ça l'amusait autant que nous et qu'il y prenait plaisir. Comme j'étais son filleul, il mettait un point d'honneur à me gâter.

– Tonton, attends ! l'ai-je donc rappelé en tendant le bras pour éclairer. Regarde !

Pour décorer ma nouvelle chambre, j'avais installé sur les deux étagères qui couraient le long du mur, à la tête de mon lit et sur le côté, tous les objets qu'il m'avait rapportés depuis des années. Ils étaient tous là, disposés avec soin : une petite tortue en bronze vert, un jeu d'osselets, une boîte touarègue, un minuscule globe sur son socle, un œuf en bois peint, une carriole en fil de fer tirée par un âne... Il y en avait une bonne vingtaine et pas un ne manquait. J'avais même noté pour chacun sa provenance et je l'avais écrite sur un papier plié en deux et posé à cheval : Grèce, Madagascar, Niamey, Saint-Pétersbourg, Dakar...

Il a fait demi-tour, s'est approché et s'est penché au-dessus de mon lit, les bras en travers de mes jambes, pour regarder de plus près.

– Ça alors ! Tu les as tous gardés ?

– Bien sûr. Dans mon ancienne chambre, j'avais pas la place, mais là…

– Ils sont bien mis en valeur.

– Oui, ils sont bien mis en valeur.

Il s'est alors passé quelque chose à quoi je ne m'attendais pas. Je crois que je n'avais jamais vu un adulte pleurer jusqu'à ce jour. Dans les films, oui, mais en vrai jamais. Sauf ma mère, discrètement, de dos. Il a d'abord fait un gros effort pour se retenir, mais toutes les parties molles de son visage se sont mises à trembler : les joues, les paupières, les narines, les lèvres. Et les larmes ont coulé, abondantes. Mon oncle Chris était une personne très émotive et sensible. Il ne s'est pas caché. Il a lâché la bonde, sorti son mouchoir et m'a offert ses pleurs.

– Tu as tout gardé… j'aurais jamais pensé… tu peux pas savoir ce que ça me fait…

Ce que ça lui faisait, je le voyais bien : ça le bouleversait. Il bredouillait des mercis, me disait que j'étais un « supergars ». Ses yeux allaient des objets qu'il reconnaissait les uns après les autres à moi, puis de moi aux objets. Il se taisait un instant, essuyait son visage inondé, hochait la tête et pleurait de plus belle.

– Excuse-moi… tu peux pas comprendre… si j'avais su que tu…

J'ai mis des années à la comprendre, cette émotion débordante. Il n'était pas stupide et savait fort bien en quelle estime on le tenait dans la famille : un vagabond, un bon à rien, un instable, un immature. Et voilà qu'il comptait pour quelqu'un, pour moi. La preuve en était là, sur ces deux étagères. Il bourlinguait depuis des années en pensant ne rien semer derrière lui que du vent, or quelque part un petit garçon suivait en silence ses voyages et en gardait la trace.

Il y avait parmi ces objets un hippopotame en plâtre d'une quinzaine de centimètres de long, peint en bleu. C'était le tout premier cadeau qu'il m'avait rapporté. Il manquait à l'animal le bout de la patte avant gauche, celle qu'il soulevait dans sa marche pour la poser devant lui. Ce bout avait toujours manqué. Mon oncle Chris m'avait offert la statuette comme ça. Alors, j'avais bricolé une prothèse de fortune avec de la pâte à modeler bleue. Cela faisait une sorte de gros manchon disgracieux. Il a pris l'hippopotame dans ses mains.

– Je me souviens. Je l'ai acheté sur un marché, au Mali. Tu l'as réparé…

– Oui, c'est pas très réussi.

– Non, c'est même franchement raté, c'est affreux !

On a ri tous les deux, lui dans ses larmes, moi de

bon cœur, en regardant la grossière excroissance pétrie par les doigts du petit garçon de quatre ou cinq ans que j'étais à l'époque. Puis il m'a embrassé et dit bonne nuit. Mais, avant de sortir, il est resté une minute devant la porte entrouverte à s'essuyer les yeux et à se moucher pour se redonner une apparence présentable devant mes parents. C'est, je pense, cette minute qui lui a donné le temps de prendre sa décision, je veux dire la décision de me faire la confidence.

Il est revenu vers moi. J'avais déjà éteint ma lampe et nous étions presque dans l'obscurité.

– Tu m'as fait un grand bonheur, a-t-il murmuré. Alors, pour te remercier, je voudrais te confier quelque chose. Quelque chose que personne ne sait, ici.

Cela a pris deux minutes environ. Il m'a très bien expliqué. J'ai écouté sans dire un mot. À la fin, il m'a juste demandé :

– Tu comprends ?

Et j'ai répondu :

– Oui. Je comprends.

Là-dessus, ma mère est venue dans le couloir et elle a dit qu'il était tard, qu'il fallait que je dorme.

– Bonne nuit, mon grand, a répété mon oncle Chris, et il est parti.

La journée du lendemain s'est déroulée comme d'habitude quand Chris était de passage. Nous, les enfants, étions aux anges, nos parents un peu moins. Mon père n'a pas pu s'empêcher de le titiller à propos de son travail et de lâcher quelques piques sur sa situation précaire: «Oui, tu bricoles, quoi.» Les sentiments de mon père à l'égard de son beau-frère étaient complexes. Je pense qu'ils consistaient en un bizarre mélange de mépris et de jalousie. Jalousie pour son insouciance et sa liberté, et peut-être pour ses nombreuses et jolies fiancées.

Ma mère, elle, éprouvait à la fois de l'agacement et de l'affection pour lui. Elle a improvisé un semblant de repas de fête, sans se priver de râler en douce: «Il aurait pu prévenir quand même!» Mes petits frères se sont étranglés de rire devant ses pitreries.

Moi, chaque fois que nos regards se croisaient, je pensais à notre secret.

Le soir même, il nous a quittés. Des amis à voir un peu partout en France. Et des affaires à régler.

– Quand reviendras-tu? a demandé ma mère quand nous nous sommes séparés, à la gare.

– À Noël, c'est promis. Et j'aurai une surprise.

– Une surprise? De quelle sorte?

– Une surprise.

La surprise, je la connaissais, moi.

J'ai su tenir ma langue pendant les six mois qui nous séparaient de Noël. Je me suis tu pendant tout l'été et tout l'automne. Et pourtant ce n'était pas faute d'y penser. Mais un secret, c'est un secret. J'aurais préféré mourir plutôt que de le trahir.

Ce Noël-là, nous nous sommes tous réunis dans la grande maison familiale, chez ma grand-mère. Elle était déjà malade et, sans le dire, chacun craignait que ce soit le dernier réveillon que nous passerions avec elle. Bref, c'était une réunion historique, mais personne ne savait encore à quel point elle le serait.

Pendant toute la matinée, mes tantes et mes cousines se sont affairées à la cuisine et dans la salle pour dresser la grande table en U. C'était un hiver sans neige. Les hommes se tenaient plutôt dans la cour. Certains fumaient en comparant les mérites de leurs voitures. D'autres ouvraient des huîtres en buvant déjà du vin blanc. Ma grand-mère, qui perdait un peu la tête, évoluait à petits pas incertains au milieu de cette animation au bras d'une de ses filles et elle ne savait que répéter : « Ça en fait du monde, oui, ça en fait. » Elle avait raison, la famille était tout simplement au grand complet. Enfin presque.

Nous, les enfants, avions trouvé un ballon gonflé dans le garage et organisé un match dans le pré, derrière la maison. Je jouais mais je n'étais pas vraiment à la partie. Je ne pensais qu'à l'arrivée prochaine de mon oncle Chris, et à sa surprise. À une heure, l'apéritif terminé, il ne manquait que lui.

– On commence, ça le fera arriver ! a lancé quelqu'un, et nous nous sommes mis à table.

J'étais à celle des enfants avec mes deux petits frères et une dizaine de cousins, et je gardais un œil sur la porte d'entrée, n'y tenant plus d'impatience.

Quand Chris est arrivé, avec plus de deux heures de retard, nous en étions déjà à la dinde aux marrons. C'est mon cousin Ludo qui l'annonça de sa voix perçante en jaillissant dans la salle :

– Tonton Christob' est là !

– Aaah ! firent les quarante convives avec enthousiasme et d'une seule voix.

Dans ce long et joyeux « Aaah ! » il y avait, je pense, une bonne part d'hypocrisie. L'opinion commune était plutôt : Il faut encore qu'il se fasse remarquer, celui-là. Ou bien : Qu'est-ce qu'il va nous inventer cette fois ? ou même : On était tellement bien sans lui…

Le « Aaah ! » était à peine retombé que Ludo a poursuivi d'une voix claire :

– Il est avec un monsieur.

Il y a eu un deuxième « Ah », plus interrogatif, celui-là. Et plus bref. Un monsieur ? Quel monsieur ? Là-dessus, Chris est entré en compagnie d'un jeune homme mince à la peau brune, légèrement dégarni et souriant de toutes ses dents. Les deux portaient des vestes africaines, très colorées, et des pantalons clairs.

– Je vous présente Fabio, mon ami.

– Bond'jourr ! a lancé Fabio.

Cette fois pas de « Ah ». Juste quelques bonjours en retour et surtout des bouches qui s'ouvrent grand, des mâchoires qui tombent et la question qui résonne comme un tonnerre dans le silence : Ami ? ami comment ? ami... ami ? ou ami... enfin... Chris a levé l'ambiguïté en une seconde. Il a passé son bras autour de l'épaule de Fabio et lui a donné un petit baiser sur la bouche. Le court silence qui a suivi était irréel.

– Excusez-nous pour le retard ! a dit Chris.

– *Si, escousez...*, a dit Fabio.

J'étais heureux de voir enfin celui que j'essayais vainement d'imaginer depuis six mois. Celui dont mon oncle m'avait dit, en secret :

– Il éclaire ma vie, il me rend heureux. Avant je faisais semblant, je faisais ce qu'on attendait de moi, je me mentais, et maintenant je suis en accord avec moi-même, tu comprends ?

J'avais répondu :

– Oui, je comprends.

Ma mère a été la première à se ressaisir. Elle s'est levée, est allée les embrasser tous les deux et les a conduits vers ma grand-mère installée à la place d'honneur. Chris s'est penché vers la vieille dame et a répété pour elle :

– C'est mon ami Fabio, maman.

– Il a une jolie veste, a-t-elle commenté.

Puis ma mère leur a montré leur place en bout de

table. Mais ils n'y sont pas restés longtemps. Chris s'est mis à circuler entre les gens pour les saluer les uns après les autres et dire des bêtises. Son rire sonore emplissait la salle. Peu à peu l'atmosphère s'est détendue et l'ambiance est redevenue ce qu'elle était avant l'arrivée du couple.

Fabio, lui, est venu à notre table et il a commencé à nous montrer des tours de magie. C'était un excellent prestidigitateur. Il faisait changer la couleur d'une carte, disparaître sa serviette enfouie dans sa main fermée, apparaître des pièces de monnaie derrière nos oreilles. Il parlait le français avec un fort accent italien mais sans faire aucune faute. Bien au contraire, il utilisait des tournures élégantes et sophistiquées comme, par exemple : « Je vais à présent procéder à... » ou bien : « Comme vous n'avez pas manqué de le constater... »

Nous avons revu Chris et Fabio au mois de mai de la même année, pour l'enterrement de ma grand-mère. Tout le monde était vêtu de sombre et Fabio a fait scandale en arrivant à l'église avec sa veste bariolée. Il a fallu qu'il explique que c'était pour elle, pour la maman de Chris, qu'elle avait trouvé cette veste jolie et qu'il voulait lui rendre hommage de cette façon. Mais décidément ça ne passait pas. Il a dû ramener sa veste dans la voiture et il s'est gelé, en chemise, pendant toute la cérémonie.

Cinq ans plus tard, trois de mes oncles et tantes avaient divorcé. Trois sur sept, c'était juste en dessous de la moyenne nationale. Chris et Fabio étaient toujours ensemble, eux. Ils vivaient quelque part entre les îles Mascareignes et l'Afrique noire.

Et puis un jour de printemps la nouvelle est tombée : l'oncle Chris s'était noyé dans la rivière Sankarani, qui est un affluent du Niger, près d'une petite localité nommée Kangaba. Autant de noms sonores qui se sont ajoutés aux précédents, mais de ceux-ci je me serais bien passé. Ma mère s'y est rendue avec un autre de mes oncles. Ils y sont restés deux semaines environ et en sont revenus avec peu de détails. Une barque surchargée, une montée des eaux, une fausse manœuvre. On n'a pas retrouvé son corps.

Ma mère a fait une photo de l'endroit où s'est passée la tragédie. Il semble pourtant paisible et sans danger. On y voit sur la rive droite des rochers en désordre, et de l'autre côté un rivage recouvert de savane. Entre les deux la rivière calme et bleue. Le ciel aussi est bleu. Juste un nuage qui s'étire à l'horizon. Au milieu du cours d'eau, il y a une barque qui s'en va, et un homme debout dessus qui la conduit. Comme on le distingue mal, j'imagine que c'est mon oncle Chris. Il n'est pas sous l'eau, il vogue dessus. Il nous tourne le dos et s'éloigne.

Quelques mois plus tard, nous avons eu la visite de Fabio. J'étais en terminale et j'habitais encore chez mes parents. Fabio portait ses habituels vêtements colorés, mais son regard n'avait plus la même lumière. Il était calme et grave. Nous l'avons reçu avec beaucoup d'attentions. Même mon père semblait ému. Fabio nous a raconté les dernières semaines de mon oncle avant le drame. Ce qu'il faisait dans ce bout du monde ? Il prospectait de la clientèle. Une assez grosse affaire d'électroménager qui était sur le point de déboucher. *Sur le point...* Mon père n'a pas relevé.

Après le repas, Fabio m'a pris à part. On s'est assis dehors, sur les marches de la terrasse, et il m'a dit qu'il était venu pour moi. Pour moi ?

– Oui, Chris m'a souvent parlé de toi et en particulier de cette nuit où tu lui as montré tous tes objets. Ça l'a beaucoup touché.

J'ai hoché la tête, le cœur dans la gorge. Fabio a poursuivi :

– Quand les gens normaux meurent, on fouille leurs armoires. Mais les gens comme Chris n'ont pas d'armoires, juste des sacs de voyage. J'ai vidé tous ses sacs et, au fond du dernier, j'ai trouvé ça, caché dans un repli. Je ne sais pas si c'est ce que je pense, mais peut-être bien.

Il a ouvert sa main et j'ai vu le bout de la patte bleue de mon hippopotame de plâtre, avec la cassure dont le blanc était devenu grisâtre. L'éclat ne mesurait pas plus de deux centimètres.

Je suis allé chercher l'hippopotame, j'ai ôté la pâte à modeler. J'ai mis un point de colle sur chacune des deux parties, j'ai attendu quelques minutes et je les ai assemblées. Quel bonheur de voir comme elles s'ajustaient parfaitement ! l'harmonie que cela faisait !

Les années ont passé et Fabio nous est resté fidèle. Nous le voyons tous les deux ou trois ans. Il vient dire un petit « bond'jourr ».

J'aimerais pouvoir dire que parfois je regarde mon hippopotame, avec sa patte refaite et la trace infime de la réparation. Mais ce serait mentir. Je l'ai perdu, cet hippopotame, au cours de mes multiples déménagements. En revanche, j'ai une copie de la photo faite par ma mère, et il m'arrive de la regarder. Je vois les rochers, la savane, la rivière calme et bleue, la barque qui s'en va, et l'homme debout qui la conduit. Ça ne me rend pas triste. Je suis certain que mon oncle Chris est *en accord avec lui-même*, et qu'il navigue pour l'éternité sur les eaux bleues du Sankarani.

LES JOLIS NUAGES

En prenant sa retraite de l'Éducation nationale, Mme Maréchal s'imaginait à l'aurore d'une nouvelle vie et elle avait la certitude que celle-ci ressemblerait à un éden.

Elle n'aurait plus jamais de copies à corriger, les yeux brûlants, jusqu'à onze heures du soir, plus de cours à préparer, cours dont les collégiens se fichaient pour la plupart éperdument. Plus jamais à affronter ces hordes d'adolescents tantôt hystériques, tantôt chloroformés et qui dans les deux cas ne rêvaient que d'une chose : être ailleurs. Plus jamais à supporter ce volume sonore qui lui mettait les nerfs en vrille : stridence des pieds de chaises dans les salles de classe, cris suraigus dans les couloirs, grossièretés des garçons et même des filles depuis quelques années. Plus jamais elle ne serait contrainte de manger des demi-pamplemousses acides à la cantine en compagnie de collègues aussi déprimés qu'elle. Et surtout elle ne devrait plus jamais mettre son réveille-matin.

Elle allait enfin pouvoir profiter de la vie, la vraie. Et elle le ferait, comble du bonheur, en com pagnie de son mari aimé, qui l'avait précédée de trois ans dans les délices du farniente, et attendue. Ils étaient l'un et l'autre en bonne santé. Ils partageaient les mêmes goûts pour l'art et la nature. Leurs enfants n'étaient plus à charge depuis longtemps. Alors, qu'est-ce qui les empêcherait désormais de faire ce à quoi ils aspiraient tous les deux : marcher en montagne, séjourner hors saison dans le sud de la France, assister à des spectacles, s'accorder une petite sieste ou une grasse matinée chaque fois qu'ils en éprouveraient l'envie. Oui, qu'est-ce qui pourrait les en empêcher ?

Un coup de téléphone, au début de l'été.

Au bout du fil, l'homme dit :

– Madame Maréchal, je suis désolé d'avoir à vous l'annoncer, mais votre mari vient d'être victime d'une attaque.

– Une attaque ? Comment ? Où ça ? Qui l'a attaqué ?

– Personne, madame. Il faisait la queue à la boucherie-charcuterie Voldoire et il est tombé au sol, sur le carrelage. Nous essayons de le ranimer.

Quand elle y arriva, moins de dix minutes plus tard, folle d'inquiétude, un pompier pratiquait un massage cardiaque énergique sur M. Maréchal, dont il avait dénudé la poitrine. Mais l'issue ne faisait guère de doute : l'homme allongé là, sur le dos, juste sous le poster d'un bœuf dont on avait dessiné les quartiers en pointillé, cet homme était mort. Les clients n'en avaient pas pour autant déserté la boutique. Ils étaient venus pour acheter et ils achèteraient. Ils s'efforçaient juste de communiquer à voix plus basse avec le boucher, par respect.

– Mettez-moi une petite barquette de museau de bœuf vinaigrette, s'il vous plaît.

– Ça ira comme ça ?

– Une cuillerée de plus, je vous prie. Voilà ! Stop ! C'est parfait.

À compter de cet instant, Mme Maréchal eut la sensation qu'on l'avait jetée dans un lave-linge émotionnel, qu'on en avait fermé la porte et pressé le bouton *on*. Le tambour s'était mis à tourner à grande vitesse, la brassant, la battant, la ballottant, la roulant, la cognant sans relâche. Tout s'était précipité : l'hôpital ; l'annonce officielle du décès ; les pompes funèbres ; le funérarium... L'arrivée des enfants et des petits-enfants, de la famille et des amis venus de loin, les embrassades, les étreintes, les pleurs ; l'enterrement lui-même, par une journée d'été lumineuse, comme s'il s'était agi d'un mauvais rêve surexposé.

Puis, les semaines suivantes, la mise en ordre des affaires de son mari ; le rangement de ses paperasses, de ses outils et, le pire : de ses vêtements ; la tentation de déménager dans la ville voisine (« Je ne resterai pas seule dans cette maison, j'en mourrais à mon tour ») ; la recherche vaine d'un petit appartement ; le retour à la raison (« J'ai l'impression qu'il est encore là, je ne peux pas partir comme ça quand même… »).

Mais, dès septembre, avec la reprise du travail, les visites s'espacèrent. Puis elles se firent rares. Puis elles cessèrent tout à fait. Mme Maréchal sentit que le programme du lave-linge touchait à sa fin. Le mouvement se ralentit peu à peu jusqu'à l'immobilité parfaite. Quand la porte s'ouvrit, elle se glissa à l'extérieur où régnait le silence. Un silence vertigineux. Et elle se demanda ce qu'elle allait faire d'elle-même. Et ce qu'elle allait faire des vingt années qui lui restaient sans doute à vivre.

Seule.

Elle chercha la réponse à cette question pendant un an. Elle envisagea tour à tour de s'inscrire à l'université ; de faire des confitures et de les commercialiser ; de s'engager avec Amnesty International ; de s'entraîner à la natation ; d'ouvrir une chambre d'hôte chez elle ; d'apprendre le chinois ; de partir s'installer au Québec… À chaque fois elle crut avoir trouvé, mais c'étaient autant de velléités, autant de mauvaises idées qu'elle abandonna les unes après les autres. Elle se connaissait bien : obstinée, conséquente. « Si j'entreprends quelque chose, se disait-elle, je sais que j'irai jusqu'au bout et que ça remplira le reste de ma vie ; alors il faut que je choisisse bien. »

Comme souvent, c'est le hasard qui vint à son aide. Une amie professeur d'anglais lui adressa du Lake District une carte postale sur laquelle ne figurait ni photo ni dessin, mais seulement un texte écrit en italique à l'encre vert pâle sur fond blanc. C'était un poème. En bas à droite étaient représentées deux jonquilles entrelacées. L'amie n'avait écrit au verso que ces quelques mots : *Apprends-le, je te le ferai réciter à mon retour. Tu as dix jours... Je t'embrasse. Christiane.*

C'était culotté mais cela l'amusa et lui rappela ce soir lointain où un couple d'amis était arrivé à l'improviste chez eux en claironnant : « C'est nous, on vient dîner ! » Ils avaient préparé ensemble une casserole de spaghettis, fait cuire quatre steaks hachés surgelés et mangé joyeusement sur la table de la cuisine. En dessert : yaourts. Ils s'étaient rattrapés sur le vin rouge et cela avait été une des plus belles soirées d'amitié de leur vie.

Elle entreprit donc d'apprendre le poème, mais celui-ci lui donna beaucoup de fil à retordre. Il s'intitulait *« I Wandered Lonely as a Cloud »* et avait été écrit en 1804 par William Wordsworth. Il se composait de quatre strophes comportant six vers chacune. Elle en chercha la traduction, trouva sur You Tube plusieurs lectures enregistrées par des comédiens dont elle copia la prononciation et le phrasé. Elle récita le poème à voix haute, pour elle-même, en se promenant, en cuisinant, en faisant le ménage, les courses et surtout pendant ses insomnies, qu'il rendit plus douces, remarqua-t-elle. Elle le reprit à l'infini jusqu'à pouvoir le dire sans heurt et sans hésitation du premier au dernier mot.

Et quand son amie vint sonner à sa porte, à son retour d'Angleterre, elle ne la fit même pas entrer. Elle la bloqua sur le palier, tendit vers elle les paumes de ses mains pour l'empêcher de parler et elle commença, posément, paisiblement :

– *I wandered lonely as a cloud / That floats on high o'er Vales and Hills, / When all at once I saw a crowd, / A host of golden Daffodils…*

L'amie, qui connaissait son anglais laborieux, fut stupéfaite de tant de fluidité. C'était comme si par un coup de baguette magique Nicole Maréchal, professeur de mathématiques, était soudain devenue anglophone. Elle alla jusqu'au bout, sans se reprendre, sans rater le moindre accent tonique et conclut, ravie de son effet :

– *And then my heart with pleasure fills, / And dances with the Daffodils.*

Dès le lendemain, cela lui manqua de ne plus avoir à travailler le poème. Il avait été un extraordinaire compagnon pendant ces dix jours. Il l'avait distraite, lui avait donné un but à atteindre, et au bout du compte il lui avait procuré de la satisfaction.

« Et si j'en apprenais un autre ? » se dit-elle...

Puisqu'elle avait commencé par un poème en anglais, elle décida de poursuivre dans cette langue. Elle apprit « Bright Star », de John Keats, au style moins classique et plus personnel. Elle enchaîna avec un sonnet de Shakespeare, « *Shall I compare thee to a summer's day ?* » et prit plaisir à dire l'ancien *thee* au lieu de *you*.

Début décembre, elle connaissait parfaitement dix poèmes : quatre en anglais, trois en espagnol et trois en français. « Est-ce qu'avant cela j'en connaissais seulement un ? » se demanda-t-elle, et elle dut s'avouer que non. Elle avait toujours été une matheuse et, dès qu'elle pensait poésie, il ne lui venait à l'esprit que ce vers unique : *C'est un trou de verdure où chante une rivière...*, appris quarante-cinq ans plus tôt en classe de seconde. Rien de plus. Si ! un autre vers, remonté du tréfonds de sa petite enfance. Elle était en CP peut-être, et un garçon lui avait fait passer, pliée en quatre dans une enveloppe, cette feuille avec un dessin de ciel et, écrit dessus, au crayon, en lettres de différentes couleurs, ce début de poésie : *Les jolis nuages / font de beaux voyages...* Elle avait pris ceci pour une déclaration d'amour, la première qu'on lui faisait.

Elle apprit donc les treize vers qui manquaient à son « Dormeur du val », puis s'attela au long « Oceano nox », de Victor Hugo, qui se compose de quarante-huit alexandrins. Cela lui plaisait de les enchaîner tous, et de finir, la gorge serrée, sur le déchirant :

Et c'est ce qui vous fait ces voix désespérées
Que vous avez le soir quand vous venez vers nous !

Mais ce n'était rien en comparaison de l'interminable *Mort du loup*, d'Alfred de Vigny, quatre-vingt-seize vers, qu'elle mit un mois à mémoriser correctement. Après un tel effort, elle se ménageait des pauses au cours desquelles elle apprenait des poèmes beaucoup plus courts, comme, par exemple, la *Canción del jinete*, de Federico García Lorca, ou bien la « Chanson d'automne », de Paul Verlaine, qu'on peut dire en moins de vingt secondes.

Elle alterna les poésies graves et d'autres, plus légères, celles dont le sens lui échappait mais qui la fascinaient d'autant plus, et celles au contraire toutes simples, comme « Les Effarés » d'Arthur Rimbaud. Elle passa de l'anglais au français, du français à l'espagnol et de l'espagnol à l'anglais. Elle s'essaya même une fois à l'allemand mais n'y revint plus.

Elle fit des cycles. Il y eut Baudelaire, dont elle finit par connaître l'intégralité des *Fleurs du mal*, Pablo Neruda et son *Chant général*, Emily Dickinson, la poétesse américaine qu'elle adopta en dépit de ses vers non rimés, et encore et surtout Victor Hugo, le rocher auquel elle s'arrimait toujours.

Elle fréquenta, comme on fréquente des amis, ces hommes et ces femmes qui avaient vécu naguère ou jadis, ici ou là, mais qui tous avaient livré leur âme sur le papier. Elle s'éloignait des uns quelque temps, pour mieux leur revenir, elle en découvrait d'autres, avec ravissement. La famille s'agrandissait sans cesse.

Elle écrivait à la main dans de grands cahiers toutes les poésies apprises. Parfois elle les agrémentait d'un dessin, d'une photographie, d'un collage ou d'un commentaire : *appris dans le TGV entre Lyon et Paris le…* ou bien : *Récité à Christiane le…* ou bien : *Récité à ma petite-fille Lucie le…*

Un après-midi, cette petite Lucie, en visite chez elle, lui demanda :

– Combien tu en connais, mamie, de poésies ?

Elle n'avait jamais considéré cela du point de vue de la quantité ni de la performance et n'en avait donc aucune idée. Mais comme la fillette insistait, elle alla chercher ses cahiers et toutes les deux comptèrent. Elle réalisa à cet instant qu'elle connaissait par cœur deux cent soixante-sept poésies.

– Dis-moi celle-ci, demanda Lucie en ouvrant une page au hasard.

– *Frères humains, qui après nous vivez / N'ayez les cœurs contre nous endurcis…*, commença-t-elle.

Lucie l'écouta, impressionnée, jusqu'au dernier vers : *Mais priez Dieu que tous nous veuille absoudre !* puis s'arrêta sur une autre page.

– Et celle-ci ?

– *Stop all the clocks, cut off the telephone, / Prevent the dog from barking with a juicy bone…*

– Et celle-ci ?

– *Sobre París la luna tiene color violeta / Y se pone amarilla en la ciudades muertas…*

– Et celle-ci ?

– *C'est une cour carrée et qui n'a rien d'étrange / Sur les flancs, l'écurie et l'étable au toit bas…*

La petite regardait sa grand-mère et surtout l'écoutait comme si elle avait été un phénomène de foire.

– Tu as une mémoire extraordinaire, mamie.

– Non, pas du tout, mais j'ai tout mon temps pour apprendre. Je n'ai rien d'autre à faire. Ça me préserve de la solitude et de l'ennui.

Dix ans tout juste s'étaient écoulés depuis la mort de son mari, quand Mme Maréchal reçut cette enveloppe portant un timbre coloré en provenance de la République d'Haïti. L'expéditrice était une cousine de son âge dont elle avait perdu le contact depuis longtemps. La lettre, écrite au crayon de papier, sans marge, depuis le haut jusqu'en bas, sur quatre pages de cahier d'écolier, commençait ainsi :

Chère cousine Nicole, je suis depuis 1987, comme tu le sais peut-être, religieuse dans la congrégation des Sœurs de Saint Joseph de Cluny, qui sont présentes dans quinze communautés en Haïti dont sept à

Port-au-Prince. Nous sommes installées dans un quartier de la ville qui s'appelle...

Suivait un long exposé sur la ville de Port-au-Prince et sur la vie qu'elle menait là-bas. Elle évoquait la pauvreté de la population, bien sûr, mais aussi son incroyable vitalité. Sœur Odile, tel était son nom, s'occupait en particulier d'une école pour orphelins. Des enfants merveilleux, disait-elle, et qui la comblaient de bonheur.

Et la lettre s'achevait sur une invitation :

Je sais que tu es seule maintenant. Viens donc me voir si tu assez de santé pour entreprendre le voyage et si tu peux t'offrir le billet d'avion. Je ne peux pas t'aider de ce côté-là, tu le comprends bien. Mais nous t'hébergerons le temps de ton séjour, et la vie ici n'est pas chère. Je serais heureuse de te voir.

Elle n'avait plus voyagé depuis longtemps. Partir seule ne lui disait rien, et avec des inconnus encore moins. Mais là, il s'agissait d'autre chose : elle serait accueillie, ce ne serait pas du tourisme, cela aurait du sens. Et Odile paraissait fort sympathique. Cette lettre n'était-elle pas d'ailleurs une sorte d'appel, le désir de revoir quelqu'un de la famille avant d'être trop vieille ? D'après Odile, la meilleure saison pour apprécier le climat d'Haïti était l'hiver, le mois de janvier en particulier. On était en décembre. Elle acheta son billet d'avion, moins cher qu'elle ne l'avait redouté, quelques jours seulement après la réception de la lettre, et s'embarqua de Paris, une fois les fêtes passées, à destination de Port-au-Prince. Elle y atterrit le samedi 9 janvier 2010.

Sœur Odile ne la déçut pas. C'était une petite souris infatigable et attentionnée. Elle réserva à sa cousine un accueil chaleureux et lui montra une ville loin des clichés habituels. On avait prévenu Nicole contre la misère de ce pays, mais elle ne fut ni effrayée ni choquée, au contraire elle fut enchantée par les sourires radieux, les voix chaudes, cette langue créole qui était à la fois la sienne et une autre, la lumière, et le temps si doux au milieu de l'hiver.

La semaine suivante, le mardi 12 janvier 2010, trois jours donc après son arrivée en Haïti, Nicole Maréchal, tout juste remise du décalage horaire, sortit pour se rendre au marché couvert voisin. Il était près de dix-sept heures. Elle ouvrait son porte-monnaie pour payer le kilo de mandarines qu'elle venait d'acheter, quand la terre commença à trembler sous ses pieds. Elle vit le mur en face d'elle se fissurer et les étagères tomber au sol.

C'était le début du séisme de magnitude 7 qui détruisit la ville, faisant au bout du compte deux cent trente mille morts, trois cent mille blessés et plus d'un million de sans-abri.

Elle fut prise, jambes et hanches bloquées, sous

les décombres de l'immeuble. Elle tenta de se dégager, mais comprit vite que ses efforts seraient inutiles. À tâtons, elle explora l'espace obscur autour d'elle et réalisa qu'elle était prisonnière dans une niche constituée de poutres, de tôles et de terre empilées au hasard de l'effondrement. Prisonnière et vivante.

Il y eut plusieurs répliques après la première secousse, et elle éprouva chaque fois la terreur de voir son abri miraculeux se désintégrer et d'être broyée dedans. Il n'en fut rien.

Elle n'avait mal nulle part, sauf un peu à la tête, mais pas plus que si elle s'était cognée à un coin de fenêtre, chez elle. Elle appela au secours pendant quelques heures puis se tut, épuisée. Elle n'entendait rien, sinon des sirènes d'ambulance, très lointaines. Ses pensées allèrent à Odile. Était-elle sauve ? Si oui, elle devait se maudire de l'avoir invitée. Elle aurait voulu la réconforter, lui dire que ce n'était pas sa faute, qu'elle ne pouvait pas savoir.

Sa montre était cassée et elle avait laissé son téléphone portable dans sa chambre. Sans doute faisait-il nuit là-haut maintenant, mais on ne l'abandonnerait pas. On allait bientôt la délivrer. Elle s'aperçut avec bonheur qu'elle n'avait pas lâché son cabas contenant les mandarines. Elle parvint à en attraper une et à la peler. Elle en avala la moitié.

L'angoisse ne lui vint que plus tard, aussi soudaine que violente. Et si personne ne venait jamais ?

Si elle allait mourir ici, lentement, de faim, de soif et d'épuisement ? Si loin de chez elle. Cette idée la terrifia. Est-ce que cela ferait mal ? Elle pensa aux siens, restés en France, et qui seraient sans nouvelles. Qui la croiraient morte. Et qui finiraient par avoir raison... Elle pleura un peu. Attendit. Pleura encore. Attendit.

Elle décida d'être économe de ses mandarines. Elle n'en mangerait que de temps en temps, quand elle aurait trop soif. Ou disons tous les cinq poèmes. Comme une récompense. Voilà : chaque fois qu'elle aurait dit cinq poèmes, elle s'accorderait un quartier de mandarine.

Le premier qui lui vint commençait comme ceci : *Les enfants qui s'aiment s'embrassent debout / Contre les portes de la nuit...* Il était de Jacques Prévert. Le deuxième, comme cela : *Donne-moi tes mains pour l'inquiétude / Donne-moi tes mains dont j'ai tant rêvé...* Il était de Louis Aragon.

Elle trouva aussitôt dans sa récitation silencieuse un apaisement inespéré. Davantage que dans les mandarines, c'était dans ce trésor de mots, et dans leur musique, qu'elle puiserait sa force, elle le pressentit. Elle entreprit de les retrouver tous. Tous les poèmes appris depuis neuf ans. Dans les trois langues. Les longs et les courts, les mélancoliques et les joyeux, ceux qu'elle disait rarement et ceux auxquels elle revenait toujours.

Parfois, elle butait et devait fouiller longtemps

sa mémoire avant d'exhumer la strophe, le vers ou le mot qui lui faisait défaut. Lorsqu'elle y parvenait enfin, elle jubilait presque.

Bientôt les mandarines furent toutes mangées. Restèrent les épluchures, qu'elle mangea aussi. Puis ne restèrent que les poèmes, qu'elle continua à se dire, sans relâche, sinon pour dormir.

En avait-elle retrouvé cent ? Deux cents ? En avait-elle repris certains plusieurs fois sans s'en rendre compte ? En tout cas, ils tinrent à distance la terreur et le désespoir. Les jours passèrent. Et les nuits. Mais c'était toujours la nuit. Il arriva enfin qu'elle entende un choc sourd au-dessus d'elle, puis comme un raclement. Elle hurla de toutes ses forces.

– Je suis là ! Au secours !

On creusait, on cognait, là-haut. Une voix appela, en français, mais avec un accent québécois lui sembla-t-il :

– Criez, madame, continuez à crier, qu'on vous entende !

Elle s'y cassa la voix. Jusqu'à ce que les bruits se rapprochent et deviennent assourdissants après tout ce silence. Et que la lumière aveuglante l'éblouisse. Ils dégagèrent ses hanches, ses jambes. Un homme la tira par les aisselles, puis la prit dans ses bras.

– Ça va, madame, tenez-vous à mon cou.

Dehors elle fut saisie par la puanteur des corps en décomposition et par l'incroyable chaos qui régnait partout.

– Quel jour sommes-nous ? demanda-t-elle à l'homme.

– Nous sommes vendredi. Vous avez passé trois jours sous les décombres. Mais tout va bien maintenant. Vous êtes en sécurité.

Elle fut rapatriée en France dans la semaine sans avoir pu convaincre sa cousine, saine et sauve, de l'y accompagner. On l'accueillit chez elle comme l'héroïne qu'elle ne voulait pas être. On la fêta, on la nomma « la rescapée », « la miraculée », « la survivante », et le journal régional publia une photo d'elle sur son lit d'hôpital sous le titre :

HAÏTI. TROIS JOURS SOUS LES DÉCOMBRES
À 71 ANS

« Je me suis récité des poèmes… »

Pendant les mois d'hiver qui suivirent, Nicole Maréchal se reposa, dormit beaucoup, reprit les kilos qu'elle avait perdus et tâcha de chasser cette sensation obsessionnelle du sol qui tremble sous les pieds, qui se dérobe. Elle n'y arriva qu'en partie. Souvent la nuit, elle se réveillait en sursaut d'un cauchemar où les étagères tombaient, où les murs se fissuraient. Ou bien elle était de retour dans sa niche sombre, et les secours ne venaient pas, ne venaient jamais.

Au printemps, pour aider sa guérison, elle décida de se mettre à l'apprentissage de nouvelles poésies. Mais une très mauvaise surprise l'attendait : sa mémoire s'en était allée.

Elle choisit à dessein des poèmes brefs, quatre vers seulement parfois, et elle y passa le temps qu'il fallait. En vain. Le lendemain, elle était incapable de les réciter, ou bien alors c'était de travers. « Ce n'est pas si grave, se dit-elle, je vais juste renoncer aux nouveautés, j'ai suffisamment de quoi m'occuper avec mes vieilles connaissances. » Seulement les vieilles connaissances lui jouèrent des tours. Telle poésie qu'elle avait dite plus de cent fois lui échappait, s'enfuyait, comme un animal dont on trouverait un matin la cage vide. Et plus elle s'évertuait à retrouver les mots manquants, plus elle en oubliait d'autres. C'était comme de petits effondrements, ou bien comme des fils qu'elle n'arrivait plus à saisir ni à relier les uns aux autres. « Qu'importe », se dit-elle encore, bien décidée à ne pas se laisser abattre, « il me suffit de me reporter à mes cahiers. Tout est dedans. » Mais un jour, en ouvrant son cahier, elle ne sut plus ce qu'elle voulait y chercher... Un autre jour elle ne trouva plus ses cahiers... Un autre jour elle oublia qu'elle avait des cahiers...

– Tu n'apprends plus de poésies, mamie ? lui demanda Lucie.

– Non, je n'y arrive plus.

– Dommage. Tu vas acheter une télé, alors ?

– Oui, c'est une bonne idée. Je vais acheter une télé.

(Quinze ans plus tard. Maison de retraite départementale.)

La jeune animatrice entra dans la salle commune et sourit en voyant la petite grand-mère qui l'attendait, sagement assise à sa table, les mains croisées sur son giron. Elle s'installa en face d'elle et ouvrit le jeu de Scrabble.

– Une partie, madame Maréchal ? Je vous ai battue hier, vous allez bien prendre votre revanche ?

La vieille dame, dont le crâne était presque chauve, secoua la tête. Elle ne voulait pas jouer.

– Vous ne mettez pas votre perruque ? Vous êtes jolie avec, pourtant.

La vieille dame secoua la tête et ne répondit pas.

– Bon, reprit la jeune femme. Et qu'est-ce que nous allons faire alors ? Dire une poésie ? Vous en connaissez, des poésies ?

– Non. Je n'en connais pas.

– Oh, vraiment ? Pas une seule ?

– Non. Pas une seule.

– Vous voulez qu'on aille faire un tour dans le jardin ? C'est l'automne, les arbres sont très beaux, vous verrez. Vous aimez les arbres, je crois. Allez, venez !

La jeune femme se leva pour encourager sa malade à l'imiter. Mais celle-ci ne bougea pas.

– J'en connais une, dit-elle doucement.

– Pardon ?

– J'en connais une, de poésie.

La jeune femme se rassit.

– Ah, eh bien, dites-la-moi, je suis curieuse de l'entendre. Comment s'appelle-t-elle ?

– Elle s'appelle « Les Jolis Nuages ».

– Je vous écoute.

La vieille dame ferma les yeux un instant pour mieux se rappeler, puis elle les rouvrit et commença doucement :

– *C'est un trou de verdure... où chante une rivière...*

Et comme la suite ne lui venait pas, elle se tut.

– C'est bien, dit la jeune femme, c'est très bien. Mais il ne faut pas pleurer, madame Maréchal, voyons... Qu'est-ce qui vous arrive ? Pourquoi pleurez-vous ?

UN ESCROC

Le mieux, c'est de commencer par le début. J'ai cinquante-six ans, je suis marié et père de trois filles. Aurélie, qui a vingt-quatre ans, est coiffeuse et vit à Grenoble avec son mari ; Élise, la cadette, a dix-huit ans et elle passe son baccalauréat cette année ; Victoire, la benjamine, a seize ans et elle redouble sa seconde. Toutes deux vivent encore chez nous. Ma femme s'appelle Martine et elle enseigne l'espagnol au collège François-Truffaut. Nous habitons à Lyon, sur les pentes de la Croix-Rousse. L'appartement est à nous, mais le remboursement de l'emprunt (mille deux cent cinquante euros mensuels) ne s'achèvera qu'en 2016.

Je suis employé aux services techniques des TCL, c'est-à-dire des Transports en commun lyonnais. Mon travail m'a longtemps convenu, mais aujourd'hui j'en suis fatigué et je compte les années qui me séparent de la retraite. La vérité est que je m'y ennuie. Rares, en effet, sont les collègues avec qui je peux partager ma passion : la littérature.

Cela a commencé en 1989, à la naissance d'Aurélie. J'étais gros fumeur, mon paquet par jour, et j'avais décidé d'arrêter pour le bébé. Afin de m'encourager, Martine m'a dit :

– Calcule ce que tu économises chaque mois en ne fumant plus et, avec l'équivalent, achète-toi quelque chose qui te fera plaisir.

Elle ignorait à quel point son idée était belle. Et jusqu'où cela m'entraînerait. Dès le premier mois je me suis offert l'intégrale des Beatles. Le mois suivant celle des Rolling Stones ; le suivant, la collection complète des Tintin et Milou. Puis Martine m'a aiguillé vers des choses plus culturelles. J'ai découvert grâce à elle les littératures russe, américaine, sud-américaine, anglaise et française, et je suis devenu un lecteur passionné. Je possède aujourd'hui plus de mille volumes rangés par auteur selon l'ordre alphabétique. Et j'emprunte régulièrement à la bibliothèque du IVe, tout près de chez nous, des classiques, des romans policiers, des BD, des livres de peinture.

Chaque soir je consacre environ deux heures à la lecture avant de dormir, le week-end j'y passe en moyenne six heures, et pendant les vacances davantage encore.

Est-ce qu'on peut lire des centaines de romans sans succomber un jour à la tentation d'en écrire un soi-même ? Il semble que oui : des millions de gens s'en accommodent très bien. Moi non. Le lecteur ordinaire que j'étais s'est doublé peu à peu d'un jaloux. « Ce que je lis là, est-ce que je serais capable de l'écrire ? » me demandais-je. Je me répondais en secret : « Oui. »

Ma première tentative remonte à 1997, année de la naissance de Victoire, ma benjamine. J'y ai vu un signe. J'avais commencé à lire à l'arrivée d'Aurélie, je commencerais à écrire à celle de Victoire. Et son prénom présageait, bien sûr, de mon succès littéraire.

J'ai entrepris la rédaction d'un roman qui se situait sur les pentes de la Croix-Rousse et qui mettait en scène des jeunes gens dans les années soixante-dix. Je pensais au titre « L'Amour en pente ». On en devine facilement la part autobiographique. J'y ai travaillé d'arrache-pied pendant un an, et une fois parvenu à la moitié de mon récit, je l'ai soumis à Martine. Elle l'a lu avec attention et nous avons eu ce dialogue :

– Alors, qu'est-ce que tu en penses ?

– C'est bien.

– C'est bien… Très bien ? ou juste bien ? Tu peux me dire la vérité. Je suis prêt à tout entendre.

C'était faux, bien sûr. J'étais prêt à entendre une seule opinion : « c'est magnifique, bouleversant, envoyons ça d'urgence à un éditeur. »

Elle s'est raclé la gorge.

– Bon… C'est rudement bien écrit, mais ça ne me surprend pas de ta part… C'est sensible. Ça ne me surprend pas non plus. C'est parfois drôle. Ça m'a intéressée aussi parce que je m'y suis reconnue. Seulement, les lecteurs n'ont pas tous vécu sur les pentes de la Croix-Rousse, et puis surtout…

– Et puis surtout ?

– C'est… ennuyeux.

– Ennuyeux ?

– Oui.

J'ai encaissé durement le choc, j'ai remercié Martine de sa franchise et j'ai voulu relire mon roman, pour voir. Dès la vingtième page, il m'est tombé des mains. Cette image est juste : les mains s'ouvrent, le roman tombe et on se dit « C'est mauvais ».

J'ai laissé passer plusieurs années avant d'oser une seconde fois. Quand on a reçu une gifle, on attend que la joue dérougisse avant de chercher à nouveau la bagarre. Martine avait raison, mon « Amour en pente » était trop autobiographique, trop quotidien, trop raisonnable. Je devais sortir de ma chrysalide, fendre l'armure. J'ai commencé un autre roman, assez sauvage, où il était question de combats de boxe illégaux dans un pays imaginaire, dans les années cinquante. Une sorte de *On achève bien les chevaux* en moins réaliste et en plus déjanté. Martine m'a dit que c'était mieux, mais trop dense, trop foutraque. Ce n'était plus ennuyeux, c'était épuisant. Pour obtenir un avis supplémentaire, elle l'a fait lire à sa sœur, qui a dit la même chose : ça l'avait épuisée.

Le doute m'est venu. Je ne serais sans doute jamais un écrivain. Je me contenterais de rester un lecteur. Cela ne m'a pas empêché de poursuivre mon rêve et d'imaginer des sujets de roman. Je les notais sur mon ordinateur, dans un fichier appelé « Idées ». Mais une idée n'a jamais fait un roman. Cela nécessite d'autres ingrédients : le temps, la technique, l'énergie, la persévérance. Après de nombreux débuts avortés, j'ai mis mon projet en attente, mais je souffrais en silence de sentir tout ce bouillonnement en moi et de ne pas parvenir à l'exprimer.

Cela a duré des années. Les filles ont grandi. Puis, pendant l'hiver 2010-2011, juste après les fêtes, le dieu des écrivains, qui m'observait sans doute d'un œil amusé depuis quelque temps, s'est penché sur mon cas. Un soir que je désespérais, il m'a soufflé à l'oreille : « Au lieu de ficher à la poubelle ces bonnes idées, reprends-les une à une et fais-en des nouvelles ! »

Le soir même, je me suis rué sur mon ordinateur et j'ai commencé à écrire, animé d'un enthousiasme débordant. Et j'ai continué les soirs suivants. Je restais vissé sur ma chaise jusqu'à des deux heures du matin. Aux TCL, pendant ma journée de travail, je ne pensais qu'à mes histoires. Je les façonnais mentalement, je bricolais mes dialogues, mes descriptions, je marmonnais tout seul, et aussitôt rentré je fonçais dans mon bureau pour fixer mes trouvailles. Mon esprit galopait jour et nuit.

En trois mois, j'ai écrit quatre nouvelles de vingt-cinq mille signes chacune.

– Raconte-moi, demandait Martine que ma frénésie intriguait.

– Non, je ne préfère pas.

– Dis-moi au moins les sujets.

– Non. Je préfère que tu découvres tout quand ce sera fini. Patiente.

Par la suite mon rythme a un peu fléchi, mais, au mois de juin 2012, j'étais bel et bien venu à bout de neuf nouvelles tout à fait présentables, à mon goût du moins. Un an et demi de travail. Et la conviction que cette fois ce n'était ni ennuyeux ni épuisant, mais tout simplement parfait.

Le grand éditeur parisien qui m'intéressait n'accepte pas de recevoir les manuscrits en pièce jointe. Il leur faut le texte sur du vrai papier. J'ai donc imprimé les cent soixante-quatre pages de mon recueil de nouvelles. Je les ai fait brocher. Je les ai glissées dans une chemise cartonnée de couleur jaune moutarde, équipée de son élastique noir. J'ai pris les deux jours de congé auxquels j'avais droit aux TCL et, le dimanche 10 juin 2012, j'embarquai dans le TGV de dix-huit heures quatre en direction de Paris, le cœur rempli d'espoir.

Ma voisine à lunettes, la petite cinquantaine,

avait envie de parler. Il y a des gens comme ça, pour qui se taire pendant deux heures est un supplice. Elle allait rendre visite à son père qui... elle avait un chien que... à Paris elle prenait toujours le bus parce que... et moi, qu'est-ce que j'allais faire dans la capitale, si ce n'était pas indiscret ? J'ai désigné la chemise cartonnée que j'avais rangée dans le porte-bagages au-dessus de ma tête, et je lui ai confié que j'allais rencontrer un grand éditeur pour lui soumettre ce manuscrit.

– Oh ! mais c'est passionnant ! C'est un roman ?

– Non, ce sont des nouvelles.

– Mais j'adore les nouvelles ! Et c'est quel genre de nouvelles ?

– Oh, c'est varié. Il y a de tout.

– Dites-m'en une. Rien qu'une. S'il vous plaît...

Je ne me suis pas fait prier longtemps. C'est comme un bon repas qu'on aurait préparé avec amour. On a hâte que les gens le mangent.

– Bon, juste le début, alors.

J'aurais pu attraper la chemise, en tirer une nouvelle et la lui donner à lire. Mais cela m'aurait mis mal à l'aise d'attendre, assis à côté d'elle, qu'elle en ait fini. J'ai donc choisi ma préférée et j'ai commencé à la lui raconter. Puis, entraîné par mon élan, je suis allé jusqu'au bout.

– Mais c'est extraordinaire ! Vous avez une imagination incroyable ! Et vous en avez pondu combien comme ça ?

Elle a employé le mot « pondu ».

– Neuf.

– Neuf ! Mais c'est formidable. Je suis certaine que vous serez édité et que vous aurez du succès. En tout cas je vous le souhaite. Et je suis drôlement fière de vous avoir rencontré.

Les lunettes en tremblaient sur son nez.

Un peu avant Paris, je suis allé aux toilettes. À mon retour, beaucoup de gens encombraient déjà le couloir, tendant les bras vers leurs bagages et enfilant leur veste. Quand j'ai voulu prendre ma chemise cartonnée, j'ai vu qu'elle n'était plus à sa place. Dans la cohue, j'ai demandé autour de moi : « Vous n'auriez pas vu par hasard... est-ce que quelqu'un aurait par inadvertance... » Je suis monté debout sur les appuie-bras pour inspecter le fond du porte-bagages, je me suis mis à genoux pour regarder sous les sièges. Rien. J'ai haussé le ton :

– Excusez-moi, messieurs dames, j'avais là une chemise cartonnée jaune moutarde avec des documents personnels très importants dedans. Je vous en prie.

Les gens secouaient la tête, désolés, et commençaient à sortir en file indienne. La plupart téléphonaient pour annoncer leur arrivée. Ma voisine est restée avec moi, par solidarité.

– Quelqu'un l'a volée ! m'a-t-elle soufflé quand nous nous sommes retrouvés seuls dans la voiture.

Quelqu'un qui vous aura entendu me raconter la nouvelle, j'en suis certaine !

– Et ce n'est pas vous, bien sûr ? lui ai-je demandé, égaré par le désespoir.

Elle a ouvert en grand son sac à main, indignée.

– Moi ? oh, non ! Regardez !

Oui, c'était sans doute un de nos voisins. Seulement je les avais mal observés : une famille de quatre personnes derrière nous, un jeune homme avec son casque audio sur les oreilles de l'autre côté du passage, un type aux cheveux gris devant moi, une femme africaine... À présent, ils avaient tous disparu et mes nouvelles aussi. L'idée de les savoir dans la nature me contrariait beaucoup, et j'étais venu à Paris pour rien. Il ne me restait plus qu'à rentrer à Lyon le lendemain, piteux.

Mon cousin m'a hébergé chez lui, à Rueil-Malmaison. À l'apéritif, comme je racontais ma mésaventure, il a bondi.

– Ta femme n'a qu'à m'envoyer tes textes en pièce jointe ! Et je te les imprime illico !

Une minute plus tard, j'avais Martine au téléphone.

– Peux-tu d'urgence aller sur mon ordi et...

Elle m'a interrompu :

– Tu n'as plus d'ordi. Victoire se l'est fait piquer dans le métro. Ça fait deux heures qu'elle pleure. Elle dit que tu vas la tuer. Nous rentrons juste du commissariat.

– Mais bon Dieu, qu'est-ce que Victoire faisait dans le métro avec mon ordi ?

– Elle te l'a emprunté pour faire son dossier sur la théorie de Darwin avec une camarade de classe. Elle dit que tu le lui avais autorisé.

– Mais jamais de la vie ! Passe-la-moi !

Victoire m'a soutenu, en hoquetant, que, deux mois plus tôt, à sa question : « Est-ce que je pourrais emprunter ton ordi pour faire un diaporama ? » j'aurais répondu oui. Connaissant ma distraction, c'était possible. Sans doute étais-je plongé dans mon écriture à cet instant-là. Ses larmes de désespoir ont débranché ma colère. Quand ma fille Victoire pleure, je me défais ; comme ces petits pantins de bois dont les membres sont reliés au tronc par des élastiques et qui se désarticulent quand on appuie sous la base du socle. J'ai bredouillé : « Bon, c'est pas la fin du monde, il faut bien que notre assurance serve à quelque chose, hein ? » et j'ai raccroché.

– Tu as bien sûr enregistré tes nouvelles sur un CD ? a demandé mon cousin.

J'ai dit que non.

– Sur une clé USB ?

J'ai dit que non.

– Ah. Et tu les as quelque part ailleurs, je veux dire en version imprimée ?

J'ai dit que non. Il y a eu un silence.

– Et c'était combien de temps de travail, rappelle-moi ça ?

J'ai répondu que c'était un an et demi de travail ; et si je n'avais pas été sous le regard de mon cousin, de sa femme et de leurs jumeaux de douze ans, j'aurais fait comme Victoire, j'aurais éclaté en sanglots.

Récrire neuf histoires qu'on a mis dix-huit mois à peaufiner est possible. Mais c'est désespérant. Je m'y suis essayé. On a l'impression nauséeuse de tout refaire plus lentement et moins bien. On patauge tristement sur ses anciennes et propres traces. C'est laborieux, sans surprise. On a en permanence le sentiment d'une perte par rapport à l'original. Martine m'a encouragé :

– Tu l'as fait une fois, tu le feras bien une seconde. Allez, tu vas y arriver !

À la mi-septembre, j'avais reconstitué deux nouvelles à peu près correctement et j'étais épuisé. Pour me détendre, je me suis rendu un samedi après-midi à cette grande médiathèque de Lyon qui accueille parfois des écrivains. La conférence a eu lieu dans l'auditorium, à l'étage. À ma surprise, l'assistance était nombreuse, deux cents spectateurs au moins. Je me suis installé au fond.

La présentatrice a indiqué que l'auteur invité venait de Saint-Étienne, en voisin, donc. Lorsqu'il a pris place derrière son micro et poussé le bouquet de fleurs sur le côté pour être mieux vu, j'ai su que j'avais déjà rencontré cet homme, mais où ? Il paraissait serein et détendu, dans son jean et sa chemise blanche à manches longues. Ses cheveux étaient courts et gris.

Il a d'abord évoqué ses romans précédents et le lien qu'ils avaient avec son enfance. Intéressant, d'autant plus qu'il ne lésinait pas sur les anecdotes. Mais au fond c'est ce que les gens apprécient, ils n'attendent pas un cours de littérature. Puis il en est venu à son actualité, et mon attention s'est aiguisée par petites touches successives.

C'est le mot « nouvelles » qui m'a d'abord alerté.

– Je viens d'achever un recueil de nouvelles. Elles paraîtront sans doute début 2013.

« Tiens, des nouvelles, ai-je pensé. Comme moi. Et chez le même éditeur, en plus. J'espère que tu auras davantage de chance et que personne ne te les volera… »

Le chiffre neuf ensuite.

– J'en ai écrit neuf. Elles ont en commun d'être actuelles, réalistes et assez cruelles. Et de se dérouler, pour la plupart, dans notre région.

Le trouble s'est emparé de moi. C'était la description exacte de mes nouvelles. J'aurais utilisé précisément ces mêmes termes pour les évoquer.

– En quoi sont-elles cruelles ? a demandé une femme dans le public.

– Elles se finissent ou mal ou très mal, au choix, a-t-il répondu.

Les spectateurs ont ri. Moi, j'étais comme statufié. Car je l'avais reconnu. Surgi de ma mémoire, il se matérialisait soudain devant moi ! Mon type aux cheveux gris ! mon type du train ! mon voleur !

Ma voisine bavarde ne s'était pas trompée : il avait tendu l'oreille pendant mon récit et ma nouvelle lui avait plu. Et comment, qu'elle lui avait plu ! Il avait profité de ma courte absence pour chiper la chemise. Un petit écrivaillon sans talent, contraint de faire les poches de ses collègues pour être publié. Combien de ses livres avait-il écrits lui-même ? Pas un seul sans doute. Un imposteur, voilà ce qu'il était.

– Est-ce que vous nous feriez l'honneur de nous en lire une ? a demandé la présentatrice. En exclusivité.

– Pourquoi pas ? a-t-il minaudé. Mais c'est un texte inédit et je n'aimerais pas qu'un d'entre vous me le chipe et le publie sous son nom. Ça me serait très désagréable.

Les gens ont ri de nouveau. Et il a ri avec eux, ce cabotin. Quel culot ! Quel culot monstrueux ! Quel aplomb !

Il a plongé la main dans la sacoche posée au pied de sa chaise et en a tiré quelques feuilles agrafées. L'espace d'une seconde, j'ai pensé que tout cela n'était peut-être qu'une incroyable coïncidence, qu'il allait prononcer des mots inconnus, mais dès qu'il a commencé à lire, je me suis étouffé de stupeur et de rage :

– Pauline Dewinckers ne lisait pas la presse gratuite.

Si elle ouvrit le journal ce soir-là, en rentrant de son travail, c'est parce qu'il gisait à côté d'elle, abandonné sur le siège du tram…

C'étaient mes mots. Les entendre dans la bouche de cet escroc m'a été insupportable. Je suis par nature une personne assez réservée et je déteste me faire remarquer, mais la révolte m'a littéralement soulevé de ma chaise. Je me suis dressé et je l'ai interpellé à pleine voix :

– C'est moi qui ai écrit ça ! C'est moi ! Voleur !

Puis, m'adressant au public :

– Il m'a volé mes neuf nouvelles ! Dans le TGV, il y a trois mois ! C'est mon histoire qu'il est en train de vous lire ! Je peux le prouver ! Vous voulez que je vous dise la suite ? Sur le journal il y a une annonce à propos d'un film qui…

Un homme, à côté de moi, a posé la main sur mon épaule, et m'a dit calmement :

– Ça va, monsieur. Tout va bien. Venez avec moi.

Et il a essayé de m'entraîner vers la sortie. J'ai réalisé qu'il s'adressait à moi comme à une personne à l'esprit dérangé et qu'il faut se garder d'exciter davantage.

– Mais je ne veux pas venir avec vous ! Je veux juste que celui-ci arrête de se prendre pour un génie, alors que c'est moi qui…

Un autre homme, moins pacifique que le premier, quelqu'un de la sécurité sans doute, m'a empoigné par le bras.

– Venez, monsieur ! Ça suffit, maintenant !

J'ai crié :

– Lâchez-moi ! Foutez-moi la paix ! Ce type m'a volé mes histoires ! J'ai mis un an et demi pour les écr…

Ils m'ont tiré vers la sortie. L'écrivain, lui, n'avait pas bronché derrière son bouquet de fleurs. Je l'ai vu adresser aux spectateurs une mimique qui signifiait : « Eh oui, ça arrive… un détraqué… Je suis désolé. »

Devant Martine, j'ai minimisé l'incident. Elle n'aurait pas apprécié du tout que son mari se livre à ce genre d'esclandre. Je lui ai seulement exposé la situation hallucinante dans laquelle je me trouvais. Elle n'en revenait pas et s'est déclarée prête à me soutenir dans cette épreuve, mais elle l'a fait avec une retenue qui m'a laissé perplexe. Elle n'avait pas lu un mot de mes nouvelles et seule ma bonne foi lui assurait que j'en étais bien l'auteur. Or, je devinais comme une nuance de doute dans son esprit. Cela donnait lieu à des échanges comme celui-ci :

– Si tu me dis que tu as écrit cette nouvelle et que ce type te l'a volée, je te crois.

– Pourquoi me dis-tu ça ?

– Quoi, ça ?

– Que tu me crois. Si tu me croyais vraiment, tu n'éprouverais pas le besoin de le dire. Ce serait une évidence. Tu ne dis pas à ce couteau à pain qui est posé là sur la table que tu crois en lui. Il est là et c'est tout.

– Ça n'a rien à voir.
– Ça a tout à voir.
– Pas du tout.
– Si.
– Non.
– Laisse tomber.

J'ai acheté un nouveau billet de train pour Paris dès la semaine suivante, sans avoir décoléré. Mon cousin de Rueil m'a accueilli comme la première fois. Je ne lui ai rien dit de ce qui m'arrivait. J'ai prétendu avoir récrit deux nouvelles, ce qui était la vérité, et que j'allais les soumettre à l'éditeur, ce qui était faux.

Autant l'avouer, j'avais le cœur battant en poussant cette lourde porte cossue que tant d'écrivains illustres avaient franchie avant moi. À l'accueil, j'ai regretté de ne pas avoir mieux préparé mon discours. Je me suis empêtré. La jeune femme a fini par froncer les sourcils.

– Que désirez-vous, en fait, monsieur ?

Je me suis relancé, d'une autre façon mais tout aussi obscure. Elle m'a finalement adressé à un jeune homme émacié qui m'a fait asseoir dans son bureau et à qui j'ai raconté mon affaire pour la troisième fois. Il a écouté avec attention, hochant la tête et approuvant avec vigueur tout ce que je disais.

– J'entends bien, monsieur, a-t-il dit quand j'en

ai eu fini, mais le problème est que vous ne pouvez sans doute pas prouver ce que vous avancez là.

– Oh, si ! je peux le prouver ! ai-je lancé, je peux vous raconter les neuf nouvelles, alors qu'elles ne sont pas encore publiées.

– Bien sûr. Mais vous savez comme moi que cet écrivain les lit en public depuis des mois. Vous avez très bien pu l'entendre à cette occasion.

– Vous sous-entendez que je l'aurais suivi partout ? Que je suis un de ces malades obsédés par les gens célèbres et qui...

Il a écarté les mains et s'est tu. L'entretien était clos.

L'avocat spécialisé dans les droits d'auteur auquel j'ai exposé mes déboires a été très clair : dans la mesure où je ne disposais pas du moindre élément prouvant que j'avais écrit ces nouvelles, nous n'aurions aucune chance devant les tribunaux. Si j'avais du temps et de l'argent à perdre, je pouvais aller en justice, mais ce serait sans lui. Il me conseillait de faire mon deuil de cette histoire et de me remettre au travail. Si j'avais eu le talent d'écrire neuf nouvelles, j'aurais celui d'en écrire d'autres.

Oui. Et celui qui vient de traverser l'Atlantique à la rame est aussi capable de le refaire dans l'autre sens, non ?

Je pense qu'il ne m'a pas cru. Il m'a pris pour un mythomane ou un paranoïaque. Cela ne servait à rien d'insister. Je suis parti en le saluant à peine. Son cabinet était de l'autre côté du Rhône. J'ai emprunté la ligne C du métro pour rentrer chez moi. À la maison, il n'y avait que Victoire.

– Ça va, papa ? Tu as l'air tout triste.

– Ça va, ma fille, lui ai-je répondu. Juste un peu fatigué.

Quelquefois, je me dis que ce type, je veux parler de mon voleur, ce type est suffisamment tordu pour imaginer un prolongement pervers à son forfait. Il est tout à fait capable d'ajouter une dixième nouvelle aux neuf dont il m'a dépossédé. Une dizième histoire, écrite de sa main, dans laquelle il racontera la vérité : le vol du manuscrit et sa publication crapuleuse par l'imposteur qu'il est. Mais il se débrouillera si bien qu'on croira à une invention de plus de sa part et qu'on vantera même son habileté. Il fera de moi, qui suis sa victime, un personnage de fiction alors que j'existe. J'EXISTE.

J'attends avec amertume la sortie de mes nouvelles. Car, en dépit de cet autre nom, le sien, qui figurera sur la couverture, elles seront de moi. Je serai le seul à le savoir, en mon âme et conscience. Il y aura, bien sûr, aussi cette petite dame bavarde du TGV, mais comment la retrouver ?

Qu'on ne compte pas sur moi pour acheter le recueil à sa parution. Pourquoi me tourmenterais-je encore ?

Mais je sais comment cela prendra fin. Je connais la faible chute de l'histoire.

Je laisserai passer le nombre d'années nécessaires : cinq, huit, dix s'il le faut. Puis, un jour, quand je sentirai la paix revenue en moi, j'irai à pied jusqu'à ma petite bibliothèque du IVe et j'emprunterai mon recueil de nouvelles. Je l'ajouterai à la pile qui se trouve toujours à côté de mon lit, près de mon réveille-matin. Et un soir, j'allumerai ma petite liseuse, je calerai ma tête sur l'oreiller, je tendrai négligemment le bras vers lui, je l'ouvrirai et je commencerai ma lecture.

Ce sera bien.

TABLE

Loi n° 49-956 du 16 juillet 1949
sur les publications destinées à la jeunesse

Couverture : La Maison
PAO : Françoise Pham
Imprimé en Italie par L.E.G.O. Spa - Lavis (TN)
Dépôt légal : septembre 2013
N° d'édition : 261 577
ISBN : 978-2-07-065 143-6